说吧，记忆……

我们依然记得你

黄蓉

黄蓉 —— 著

人民文学出版社

图书在版编目（CIP）数据

讷河往事/黄蓉著．—北京：人民文学出版社，2022
ISBN 978-7-02-014248-4

Ⅰ．①讷… Ⅱ．①黄… Ⅲ．①报告文学—作品集—中国—当代 Ⅳ．①I25

中国版本图书馆 CIP 数据核字（2021）第 241273 号

责任编辑　付如初　欧阳婧怡
装帧设计　刘　静
责任印制　任　祎

出版发行　人民文学出版社
社　　址　北京市朝内大街 166 号
邮政编码　100705

印　　刷　三河市中晟雅豪印务有限公司
经　　销　全国新华书店等

字　　数　112 千字
开　　本　787 毫米×1092 毫米　1/32
印　　张　6.875　插页 4
印　　数　1—10000
版　　次　2022 年 1 月北京第 1 版
印　　次　2022 年 1 月第 1 次印刷

书　　号　978-7-02-014248-4
定　　价　42.00 元

如有印装质量问题,请与本社图书销售中心调换。电话:010-65233595

惊心动魄的人海追踪，刻骨铭心的亲历亲寻，呕心沥血的笔下风云。当人们别过头去，只为不忍目睹阳光下的罪恶，作者却正过脸来，逼视着阴影下的魔鬼。没有虚构，没有杜撰，这是一位女警察的迷案追踪，一位女记者的往事回放，一腔真水散发的无香之香。

——茅盾文学奖获得者、教授、作家 王旭烽

第一次不经意看到黄蓉的文章是《讷河往事》，觉得非常震撼。久在医疗一线，与人性和生死有最多接触，也已习惯冷静面对人性的冷暖与善恶，但是面对《讷河往事》这样的非虚构作品所展现的内容，还是被极大地震动。这里展现的真实人性，有恶、有善，最让人难以直视的，是普通人的生活被击碎时所产生的破灭感。然而，文章的张力也在于此——在人性被深度质疑的时候，在阴暗的背景之中，人类另一种独有的悲悯、善良与正义，显得更加熠熠生辉。这才是人类得以走到今天，人类得以彻底从动物界走出的原因吧！如今，在新冠病毒全球蔓延、人类遭逢重大灾难的时候，这一份人性的光亮一定也会带领我们走向光明的未来。向所有维护人性之善的警官和普通人致以最高的敬意！

——国家传染病医学中心主任、复旦大学附属华山医院感染科主任 张文宏

黄蓉的文字深沉而优美，浸透着悲悯情怀，是近年来少见的极为优秀的非虚构写作。正义、暗黑、暴力、救赎、责任、痛苦，各种各

样的人性张力在她的笔端流淌，警察这个职业通过这些文字呈现出极为丰富的内涵。至今难忘阅读《讷河往事》的感受，人性中难以承受的沉重、难以直视的邪恶，不断迎面压来，让人喘不过气，以至于我读上一段就得停一下平复情绪，才能继续下去。这样的故事和文字，值得认真推荐。

——外交学院教授、北京大学史学博士、《枢纽》作者　施展

来自内部的观察，黄蓉展示了警察这个行业的深层事实。他们的愿望、情感、梦想，以及苦与乐、悲与欢，还有奋斗、成功与遗憾。最终我们看到了职业之上的人生起伏、人性光芒，那些闪亮！

——《三联生活周刊》主编　李鸿谷

序

麦　家

和我的书——几乎每个故事都产自大脑——不同，这本书里的每个故事和故事中的每个人都来自生活，都有原型。"1979年，北高峰上发现一具女尸，现场物证只有一个茶杯、一块手帕和一张上海钟厂的生产报表纸。""当年枪毙的时候，贾汶戈被打了42枪，因为挖出了42具尸体，是为那些受害者报仇……""20多年过去了，当年轰动街巷的新闻早已从城市的集体记忆中消失。但对于我来说，这则新闻是我心尖上永远翻滚的疼痛。""故事一直是这样流传着，这是一个适合拍恐怖片的题材，情节残忍到编剧根本编不出来。"尽管我有17年的军旅生活，尽管我有丰富的内心生活，尽管这些人事早已被时间镇压，但我依然读得如履薄冰，处子一般小心翼翼,时而心惊肉跳,时而心潮澎湃。所有核心都错综复杂,这些文字带我进入到了生活的核心,攥乱的杂色地带。以前我凭想象接近它们,并自鸣得意:强劲的想象产生事实(蒙田语)。事实是:在强悍的现实面前,想象是个屁!这本书又一次打击,也锤炼了我,让我变得更紧实,更贴紧生活,更敬佩一种人——中国警察。

在手机屏幕蓝色空灵的光照下,连绵起伏的感受纷至沓来。每一篇都不同寻常,《漫长的告别》,警犬"雨季""雨晃"的离别令人肝肠寸断;《我生命的创口,长出了翅膀》,缉毒女警沈悦"一半是阳光,一半是阴影"的人生,令人不禁感慨:没有完美的人生,不完美才是人生;《"爸爸……"》,我启用省略号不是为了省略,而是它更像女儿的眼泪——不用说,这是一个催人泪弹的故事,轻易击垮了我的泪腺。到了《讷河往事》,不论是体量还是能量,都兀地拔高,原子裂变似的,轰隆隆,轰隆隆,一浪赶一浪,一轮翻一轮,不可思议的案情,不可思议地引爆,不可思议地翻转,不可思议地衍生,不可思议地揭示世相,不可思议地撞击人性……天色暗下来、亮起来;又暗下来,又亮起来,极目之处浮沉着一线天际。这是一次停不下来,惊悚、恐怖、同情、敬钦、五味杂存的阅读,像经历着壮阔漫长的人生。

据说,《讷河往事》这个故事在网上被超一亿人阅读过,我冒着某种风险写下这篇什,目的是想让更多的人来阅读。我深信,当你读了它就不会误解我,因为它确实值得我们读。这几乎是一个由天地合谋出来的故事,一招一式,起承转合,公式一样精准、牢固;读它就是读人生世相,读灵与肉,读罪与罚,读救赎,读生命中不能承受之恶、之重、之苦。这不仅仅是故事本身的实力,更是作者的魔法。

我早知道,一个好故事,需要一个会讲好故事的人。此时此刻(《讷河往事》中),黄蓉施展出了高超的魔法,成了这故事最忠诚和称职的仆人,也是主人;她参与造化了这个故事,她献出了爱,献出了同情,献出了怜悯,献出了正义,献出了对中国警察的无上崇敬,并获得了这一切,包括我的敬佩和献出。

2021年1月18日

目 录

001 讷河往事

074 《讷河往事》续

093 不认命就是这位刑警的命

121 "爸爸,这一次我没法再带你回家了"

145 我生命的创口,长出了翅膀

184 漫长的告别

207 后记:真水无香,真爱无疆

讷河往事

穿越时空的距离,心碎无处不在。

这是一个关于警察和嫌犯的故事;这是一个关于执着和救赎的故事;这是一个关于寻找和安顿的故事;同时,这也是一个人性碰撞与纠葛的故事。

寻访这个故事,时间前后相加,近乎整整一年。

整整一年的时间里,我一直在纠结,要不要写下这起特别的案件;要不要写下案件之后,那些被改变的人生际遇。时间已经过去29年了,案子里的人,好多也已经不在了。

此案的警察主人公,也许有违大多数人心目中一个优秀警察的标准。但是,他真实,他的个人命运真实得让人唏嘘叹息。

人这一生,意念之中所坚持的,一定不是无缘无故的。我和这个案子之间,好像也有着一种联系。29年前,自从第一次听说这个案子,这个执念,就一刻没有再放下。

那些心酸沉郁,那些五味杂陈,似乎随着时间越来越沉默。然而这个案子,以及与案子相关的一切,在脑海中某个地方,依然隐约在回响。透过岁月尘埃,依稀能看到那些因偶然被改变的残酷人生,也一样能看到身为警察的担当和磊落,更能看到,有一种能打败一切岁月的善良。

尽管相隔29年的漫长时光,这个故事,依然值得被倾听。

这是一个缠绕了28年的心结

20世纪90年代,这个案子以一条五十多字的简讯形式,第一次进入我的青春记忆。

当时,我是一名工作刚一年的新警,杭州大学中文系毕业后,分配到杭州市公安局办公室调研科工作。每天最重要的工作之一,就是收集杭州各地最新发生的重大警情,并第一时间编辑成公安简报,汇报给各级政府部门参考。

1991年年底,我从公安简报上看到一条简讯,大致意思是:杭州市上城区公安分局破获一个重特大杀人抢劫团伙,该团伙在齐齐哈尔市讷河当地杀害42人。

这条消息给我带来的震惊无法言喻。为什么在讷河犯下滔天罪行的杀人团伙,是在杭州被抓获?他们又怎么可能杀害那么多人?心中存留着太多的疑问,但又不敢冒冒失失地去问。作为一个新警,我和直接在一线办案的警察也不熟悉。

此后的二十多年里,官方文件里再没点滴信息,这个案子像是蒸发了一样。但在公安系统内,它渐渐变成了一个传说,总会在不同的场合被人说起,而每次叙述的人物都不是经办人,每次听到又会生出很多新的场景和细节。逐渐地,一个传说中相对完整的故事情节就这样形成了——

大兴安岭边上有个讷河小镇。这个相对萧瑟的东北小城,曾是中国末代皇后婉容的祖居地,但让外地人慕名而来的,是大豆和马铃薯。

1991年,这里还是一个偏僻村落,下了火车转大客车,再转小巴士或是靠步行才能到达。那时,没有支付宝,没有手机,没有快递,进货时,一定得跑到原产地。

商人们带着大量的现金,到了这个前不着村后不着店的小山村,敲开这家看似较大的农户的门,想借住一晚。而这家农户,就像《水浒传》里孙二娘开的人肉包子店,进一个杀一个。大雪封山的茫茫天地间,这些消失的商人几乎不会留下任何痕迹。

直到有一天,一个姑娘跟着哥哥和自己的未婚夫也来到了这个黑店,哥哥和未婚夫一样被杀害。姑娘因为姿色甚美被留下做了"压寨夫人"。

为了让姑娘死心塌地跟着他们干,他们想办法拉她下水。那些撞进黑店来的商人,在被蒙汗药麻翻后,他们就让姑娘拿刀去捅,以此迫使她和他们一伙。

就这样,在这个满藏尸体的魔窟里,姑娘心怀绝望过着生不如死的日子。白天她会被监视着去火车站往魔窟里勾引单身男性商人,晚上则要和魔鬼同床共枕。

到了第二年夏天,来进货的商人少了,"生意"清淡了,农户一家就想南下流窜作案。一路上,他们依然用姑娘做诱饵,让很多居心不良的人上当,失了钱财。没想到,在杭州,被警察查获了。

审讯期间,一个叫黄国华的杭州警察,因为一个小小举动感动了姑娘。这个举动让姑娘瞬间崩溃,那么多时日来第一次有人把她当人对待,这人还是一个警察。虽然明知说了是个死,但姑娘还是决然把这个案子和盘托出。

案件惊动了公安部。黑龙江省公安厅成立联合调查小组,在讷河当地那个地窖里挖出了四十多个头盖骨,还有些不完整的尸体,实在难以估算究竟有多少人遇害……

故事一直是这样流传着,这是一个适合拍恐怖片的题材,情节残忍到编剧根本编不出来。没想到,有一天我会和这个警察相遇,也没想到我会更深入地走进这个故事里去。

2011年,因为各种原因我辞职在家照料孩子,然而往昔的峥嵘岁月一刻也没在我心中平息过。2018年,我和曾经同为警察的丈夫创办了真水无香公益基金会,汇集一群有警察情结的人,寻访那些曾经为城市平安做出过牺牲的警察及其家属,想要记住他们,感恩他们,帮助他们。

于是,这个叫黄国华的杭州警察,作为浙江省第一个荣立个人一等功的典型,时隔28年后,重又走入了我的视线。

28年前,为什么这个犯下重案的姑娘,会对素昧平生的警察坦白?在那起案件的侦办中,到底发生了什么?而这个警察,为什么在荣立个人一等功后,在工作上再无建树,并且早早办了退休手续,离开了警察岗位?这些是我收集到的无数疑问,而这一切,只有找到黄国华,才有可能知道真正的答案。

找到黄国华并不容易。只知道他2007年办了早退手续,就此消失在人们的视线当中,仿佛和这座城市都断了联系。而另一位在此案中荣立二等功的警察梁宝年,也因病于2002年英年早逝。

又一年过去,2019年夏天,经过辗转打听,我们终于联系上了黄国华。他住在安徽黄山一处建筑工地,陪着老父亲安度时日。

与黄国华的第一次会面,是在我们基金会办公室。

早年,我也曾见过黄国华,那时候他很帅,大高个儿,眉眼俊朗,头发浓密。可这一次再见到他,已然是一个上了年纪的人,风尘仆仆、满面沧桑。他摘下自己的帽子,赫然是一个光头,光头上面,冒出的是星星点点的白发根。

而更让我们震惊的,是他的长叹:"28年了,为了这个案子,每个星期五我都要剃光我的头发,好像只有这么做,我内心的不安才可以减轻一点。"

在那个夏日的午后,那个久远的特大案件,终于从一个当年的亲历者口中徐徐道出。尘封的往事露出了冰山一角……

28年的岁月,唯一不会遗忘的就是遗忘本身,回忆从每一个毛孔细细碎碎地渗透出来。

1991年11月,江南的冬天还没来临,可空气中已有彻骨的寒冷。

杭州火车站站台上,开往南京的一列火车上挂着一节特殊车厢,前后都有武警重兵把守。此行是要把两男一女三名重犯押解回东北,他们在当地杀害了四十多个人。

列车快要启动了,女嫌犯忽然跪倒在一个押送她上车的杭州警察面前,身躯瑟瑟发抖,几乎哭着央求:"黄警官,我不想回到那个地方,那里是我噩梦开始的地方,就算死我也要死在杭州。"

这被称作黄警官的警察,就是身材高大、帅气逼人的黄国华。看着眼前这个姑娘,他发出一声叹息,该做的他都已经为她做了,她的命运不是他能够掌控的。火车即将把她带到已经是冰天雪地的大东北,带到她原来生活的家乡,等待着她的是法律严峻的审判。她是一个身负几十条人命的杀人凶手啊!但同时,黄国华后来了解到,她也是一个悲惨的受害者。

28年前火车站告别的这一幕,成了黄国华心中永远经得起岁月侵蚀的画面,那姑娘最后的形象,也就此坠入无边的黑暗时空中。

"我的大半辈子都在想着这个案子。我无法放下,常常扪心自问,对于那位可怜的姑娘,那位因为命运错位走上不归路的姑娘,我真的已经尽力了吗?如果我再努力一点点,是否可以为她争取到死缓,不被枪毙?我也一直想知道,临刑前她有没有见到她的儿子?审讯时,这是她提起的两个心愿之一。那时候,我自己的儿子也是一般大,我能体会一个母亲对自己孩子的最执着惦念。这个案子之后,很多人说我爱上了这个女人。对这种无端的猜测,我也不计较。我这个人向来就是独来独往,认准了要做的事,我从来都不后悔。"

黄国华的讲述,整整进行了一个下午。我知道,他是把曾在公安战线工作二十多年的我,当作他的战友。而且,这么多年来,第一次有人特意找到他,问到这个案件。如果不是他的亲述,很难想象,这个比电影还要凶残的案件,曾真实地在这个世界上发生过;这个命运比戏剧还要离奇的人,曾真实地在这个世界上存在过。

而随着黄国华的回忆,令人想象不到的那些挣扎和绝望、心痛与惨烈,也像被石子打破平静的湖水,掀起一圈圈涟漪,经久摇荡。

"我第一次见到她,是在 1991 年 10 月 22 日。那天早上,所长叫我和刑侦大队的人一起去苏州火车站派出所,带几个麻醉抢劫的犯罪嫌疑人回来。本来这是刑侦队干的活儿,但那天上城小营辖区发生一起疑似凶案,一堵夹墙之间发现一具裸体女尸,刑侦大队的人手全扑那里去了。所以,所里派了我和几个兄弟配合刑侦队一起去带人。"

很多时候,谁也无法事先看清命运的底牌。那个早晨的出发,毫无疑问成了黄国华警察人生的一次转折。

九十年代初,杭州市公安局有一项刑侦改革,最主要的变化是,过去归市局管的凶杀案件,统统下放到分局自主侦破。那天,上城刑侦大队的警察们正赶时间去办凶杀案,所以这起"麻抢案"的后续工作,才会交派给涌金派出所。当时,谁都没想到这起"麻抢案"背后还有特大案件。更不曾料到,这起案件足以在中国刑侦领域留下浓重的一笔。

苏州火车站的"麻抢案"案情是比较清晰的。苏州铁路派出所警察在车站巡逻时,发现两男一女形迹可疑。当时候车室有两个男的拿着一个女式背包,值班警察怕引起混乱,没有当场揭穿,而是回到值班室叫上协辅警,把他们围起来带走。

搜查中,发现包内有3000多的现金、5张其他人的身份证,还有口服麻醉剂等嫌疑物品。三人支支吾吾,说辞不一。根据疑点判断,有可能是实施麻醉抢劫的。经和身份证所在地公安联系,5张身份证中,只有一个姓谢的杭州萧山人还联系得上,而这谢某人几天前,刚在杭州湖滨被一伙人"放白鸽",抢走了随身钱财。(放白鸽,旧时指以女色为诱饵设骗局。)根据公安机关立案管辖地的规定,在湖滨地区发生的案件,顺理成章需移交杭州公安。

去苏州郊外收审所带出疑犯,已是次日凌晨。三名嫌犯的身份信息显示,他们都是齐齐哈尔人,两名男犯分别叫贾汶戈、李川,女犯叫徐骊。

黄国华继续回忆:"第一眼看到徐骊,觉得长相一般,就是个子特别高,一米七左右。这样的个子,在江南女子中是不多见的。还有,她给我的感觉和以往的女性嫌疑人有所不同。回杭州路上,她坐在最后一排,我坐在前一排。偶尔我回头看她时,暗沉的夜色中,见她也看着我,好像有什么话要说的样子。不知怎么回事,那时我就有一种预感,我和这个女人之间,会有一些关联,只是想不到,这关联会是大半辈子。"

深秋的杭州寒意深浓,身上依然穿着单衣的徐骊有些瑟瑟发抖。北方人习惯了冬天有暖气,哪知道南方的冬天更是难熬。黄国华让收审站的人给她找了一床被子。

当天晚上,时任上城区公安分局副局长的周伟新到涌金所检查工作。涌金所副所长赵正华就汇报了这一案件。

那些联系不上的身份证,其中一张是吉林某市面粉厂郑某,另一张是黑龙江某煤矿张某。经当地公安机关核实反馈,这两人的家属已经在当地报他们失踪多时。根据经验,两名失踪人员与嫌犯无亲无故,很可能凶多吉少。

周伟新副局长当晚决定,由赵副所长负责,抽调派出所精干力量,组成专案班子,加大审查工作。黄国华被指定负责审讯女嫌疑犯徐骊。黄国华清晰地记得第一次提审徐骊的场景,就是那一次提审,发生了传说中让女犯感动并坦白案件的关键细节。

"10月23日,我去收审站提审徐骊。提审前,她忽然提了个要求,问能不能帮她买包卫生巾,因为来例假了。这要求虽然来得有点突兀,也让我尴尬,但我还是立即让同事去买了。卫生巾买来后,我们开始做笔录。从那一刻开始,我就明显地觉得她的情绪起伏异常,眼光闪烁不定。

"很快,湖滨地区麻醉抢劫案就交代完毕。当我例行问最后一个问题'除了这个案子,还有什么要交代?'时,意外的情况出现了。她说:'我还有一个大案子,比这个案子还大得多得多。如果我把这个案子讲出来,我肯定是死,你肯定是立大功。我们在东北还杀了二十多个人,但我希望你们局长能来见我。'

"在当时的杭州,杀两人的案件都是特大案件了,一个犯罪团伙杀二十多人,还没被发现,这简直就是不可思议。虽然心里极为震惊,但我看她的样子又不像是精神不正常。"

黄国华马上向赵副所长汇报,赵所也是将信将疑。第二天,赵副所长就以"赵局长"的身份去见了徐骊。那个上午,一起骇人听闻的特大团伙杀人案件就从这个女人口中缓缓流出。

"徐骊首先讲,这一年来,她过的日子人不像人鬼不像鬼,早就想着要早点儿从那里解脱出来。她提出如果能满足两个条件的话,她就全部坦白:一是想见一见三岁的儿子;二是请求枪毙时不要五花大绑。"

28年前这个案件的真实细节在这一刻终于渐渐清晰。

徐骊原来是齐齐哈尔市一名幼儿园教师,1990年11月晚上,她与丈夫吵架后离家出走,在火车站被陌生男子贾汶戈搭讪。贾以介绍工作为名,将她骗到讷河县家中。当晚她被贾强奸后,贾用铁丝捆住她双手将她掐昏,丢进家中的地窖,而这地窖中竟然布满尸体!

在满是尸体的地窖中,徐骊昏迷了几天后又支撑着爬出地窖。贾汶戈见这个女子竟然没死,转念提出要徐骊合伙去抢劫,并且逼着徐骊对着地窖中的尸体捅刀,同时拍下照片作为诬陷她的证据,进行百般胁迫。徐骊在贾的威胁下,无奈成了抢劫杀人团伙中的一员。

此后,贾汶戈伙同李川、孙庆园、李小芳(贾汶戈妻子)及徐骊,在齐齐哈尔火车站、讷河火车站等地,以谈生意或介绍工作为名,将单身男女骗到讷河家中,男的用尼龙绳勒死后洗劫钱财,女的先强奸后杀害。这些被害人尸体都深埋在家中地窖内。

与此同时,涌金派出所警察梁宝年等负责审查案犯李川,也获重大进展,李川的供述和徐骊基本一致。李川还证实,他们旅行袋内两张身份证上的郑某和张某,已在1991年4月和8月被他们这伙人所害,被害人尸体现在也在地窖内。同时,通过失踪人员家属辨认,案犯携带的物品中,有一件衣服是张某失踪前穿的。

经杭州警方再三分析,徐骊和李川交代的所有情节都相似。两个人关在不同的地方,事先不可能串供。

10月23日晚,就是徐骊交代案情的当天晚上,上城区公安分局时任局长洪巨平在涌金派出所召开紧急会议。会上决定:贾汝戈马上转移到市局看守所,要保证绝对安全,防止他畏罪自杀;对李川、徐骊的审问,继续由原审查人员加大力度,摸清团伙作案情况;马上和事发地——讷河公安联系,核查此案。

警察钟庆,当年是上城刑侦大队内勤,几乎参与了这个案件的每一次案情分析讨论会,发往讷河的电报也是他去拍的。

"实事求是地讲,徐骊最早交代时,我们还是不太相信的,都觉得她是受刺激了,精神分裂了。怎么可能杀这么多人?在那个时候是不敢想象的。

"23号晚上,分局会议一结束,我晚饭都没有吃,骑着自行车赶到武林广场电信大楼,以加急形式给讷河县公安局拍出了关于此案的第一份电报。当时电报大致内容是:我局抓获你县贾汝戈等人,据交代,在当地租某某房,杀害多人就地掩埋,其妻李小芳、同伙孙庆园共同参与作案。目前,此二人尚在当地负责看管理尸房屋,请予以协查抓捕并请及时联系我局。

"拍电报一个字一毛四分钱,连收件人姓名、地址都算钱。当时分局政委签发电报时,还心疼电报字数太多,毕竟那时候电报是真的很贵。电报拍出第二天,也是傍晚,周伟新副局长急急地把我喊去,说是讷河的回电来了,只有四个字'查无此案'。这让我们大失所望。"

周伟新让钟庆再跑一趟,再拍第二份电报,这次发给齐齐哈尔市公安局。这份电报拍出之后,齐齐哈尔市局的长途电话就打到了上城分局,告知:"现场已经挖掘出19具尸体,正在勘查。贾妻李小芳自杀,孙庆园落网,我们马上派工作组到杭州具体对接。"

一前一后,两个截然不同的反馈结果,让杭州警方有点云里雾里。但当案件被证实的瞬间,震撼、惊悚、不可思议等等复杂情绪,迅速在分局大院弥漫开来。

当时正在开全国公安工作会议,此案前期,杭州侦获的案情通过浙江省厅上报到公安部,已引起公安部高度关注。在相关部领导的指示下,黑龙江省公安厅迅速组成一支由副厅长带队的专案工作组,赶赴齐齐哈尔市讷河县。工作组赶到贾汶戈家时,发现贾妻李小芳已畏罪自杀,现场留有遗书控诉贾汶戈。工作组一边马上派人抓捕另一犯罪嫌疑人孙庆园,一边调集当地法医、技术人员在案发现场取证。同时,马上给杭州警方挂长途电话。这也就是前后两个反馈内容截然不同的原因。

那个年代,挂长途电话要先和总机联系,之后挂断电话,等总机转接到对方后,对方在话筒旁等待总机回路到打长途的那部电话,振铃之后接通。这其中,市与市之间、省与省之间的电话线路只要繁忙,就要重新转接。距离越远,挂通时间越长,线路中断的概率越高。这也是当时杭州警方意识到案件的严重性之后,立即拍电报到讷河而没有选择打电话的原因。如果当时能直接拨通长途电话,把案件的调查情况说清楚,就绝不会存在"查无此案"这样的情况了。

而根据徐骊的交代,再次和黑龙江警方联系后,告知对方第一个地窖边上还有一个地窖,两个地窖里,都埋藏着尸体。不到一天,当地马上传来消息,第二个地窖也被发现,里面也是填满了尸体。

案情基本清晰后,徐骊就没什么需要提审了,只等黑龙江公安那边来人。但黄国华依然每天都去看看她,因而知道了更多与此案相关的细节。

"自从交代出了这个案件,看守所的同事说,徐骊经常轻松地唱着歌,一点也看不出像个死囚犯的样子。我问过她,为什么在我这里交代,在苏州不交代。她就说了一句话:'我觉得黄警官你对我很好,所以我就讲。'其实,给她买卫生巾这些都是正常的,换作别的疑犯提要求,我也会这样做的。他们虽然犯了罪,但基本的人权还是会被保障的。

"徐骊告诉我更多的案件细节。当时贾汶戈觉得这个女人不一般,换作其他女人,就算是没有被勒死,在地窖里吓都吓死了,毕竟下面全部都是尸体。而贾汶戈正好想要找个女的同伙,用美色去勾引单身的男人成功率更高,徐骊就是最好的人选。于是他又把她捆起来,嘴上塞着布,自己赶到齐齐哈尔市,专门去摸清徐骊的家庭情况。

"从齐齐哈尔回来,他就和徐骊讲,如果你不跟我合作,我也不会搞死你,我会把你儿子先杀掉。我知道你的家庭住址,我也知道你的儿子只有三岁。徐骊开始也曾逃跑过几次,但每次都被他们发现抓了回来,不是毒打就是关死人地窖。就这样,她彻底绝望了,只请求他们能够遵守承诺,不伤害她的儿子。在以后的日子里,她成了贾汶戈的帮手,把一个个单身男人引入这个魔窟,在犯罪的道路上越陷越深。

"也许她真的是受了太多的苦难,仅仅是一个我认为正常不过的举动,就让她感动至此。更多地了解了她在这个团伙的情况以后,我觉得她自己就是受害人,她也是一个可怜的母亲。我经常会买些包子给她吃,我想北方人吃不惯我们这里的米饭。后来我才知道,北方人喜欢吃的是馒头,不含馅的。

"我问了很多人,像徐骊这样的情况该不该判死刑?我觉得她罪不至死,于是到处找法律界人士分析徐骊的情况。我也天天盯着我们局长,我说,她如果不主动交代,这个案子还不知道什么时候才能被发现,不知道还有多少人被杀。最后,我们分局确实是出了一个红头文件的,但并不是因为我的请求,主要考虑到,这是对徐骊有重大立功表现的一个证明。给出这个文件证明,也是表明我们杭州公安一种负责的态度。

"11月9号左右,齐齐哈尔市公安局派了一个押解组到杭州来。我印象最深刻的是,讷河县公安局刑侦大队长姓刁,来了后,每次吃饭每次哭,说出了那么大的案子,怎么对得起父老乡亲。当时他还发着烧,在我们这打点滴。"

黄国华再一次,也是最后一次见到徐骊,是在杭州火车站。黑龙江一行押解三名案犯回讷河,杭州市公安局巡特警支队派了十多个警察,负责杭州至南京段的车上押送。当时,公安部为了加强重大案犯的押解安全,专门挂了一节车厢押送这几个要犯。那个早晨,黄国华一直跟着大部队也到了车站。临分别时,黄国华把一件棉大衣送给徐骊,让她能抵挡沿途的寒冷。

当年,案件处于严格保密期,媒体和公安内部都没有任何信息泄露。黄国华一直牵挂着回去后的徐骊,但又得不到任何消息。他不知道徐骊说过的临刑前的心愿有否实现。

1992年1月,徐骊在当地被处决了。同时,公安部的立功嘉奖令也下来了。省公安厅召开表彰大会,黄国华立了个人一等功。

"当时,我是不太想上台领这个奖。我们所教导员说,你有什么想法都没关系,但这个奖你还得去领。没办法,我就上去领了这个奖。那是个星期五晚上,我一个人在马路边狂走,汽车频频从我身边呼啸而过,我的脑海中始终响着她的那句话:'我肯定是死,你肯定是立大功。'我心里太不是滋味,于是走进一家小理发店,剃了个光头。

"在别人眼里,个人一等功是无上的光荣,而在我看来,这是徐骊用人头报答我的举手之劳。真正的罪犯就应该得到应有的惩罚,但我觉得徐骊真不是一个彻底的坏人,她也是被胁迫的。既然人家命都没有了,我就把我自己的头发剃光,这样我心里也踏实一点。从那以后的每个星期五,我都雷打不动地要去剃头。从那天起,这个光头形象整整陪伴了我28年。"

随着办案亲历者黄国华的讲述,这起传说了28年的特大杀人案件终于有了清晰的呈现,萦绕了28年的疑云也逐渐散去。然而,一个失落的男人携带着回忆和悲伤,在28年伤痛未愈的道路上踯躅前行,这案件背后的隐情又给了我们新的震撼。

这些年,黄国华不停地回想起这个过程的前前后后。

他也总是打听,那年回去后,讷河到底发生了些什么。有一年,上城分局政委去临近讷河的地方出差,听说,当年枪毙的时候,贾汶戈被打了42枪,因为挖出了42具尸体,是为那些受害者报仇,而给徐骊的,只有一颗子弹。这个信息,是这些年来让黄国华心里最感安慰的一次,好似间接印证了他当年的判断是对的。

人们常说,往事会被时间冲得越来越远。但实际也不都是这样,有些往事在记忆中会越沉淀越清晰。很多次恍惚中,黄国华的梦中总会有一个声音不断响起:"我肯定是死,你肯定是立大功。"这是女犯徐骊的声音,它和黄国华的光头,在这28年的时光中始终如影随形。

那个案子之后,黄国华因工作出色被调去了上城区公安分局治安科,后又调去报警指挥中心,但他的精神和工作表现却越来越不在状态。这期间,他的婚姻也出现了问题,夫妻渐渐形同陌路直至最后分手,儿子被老婆带走了。孤身一人的他更没了工作动力,2007年,他打了早退报告。那一年他46岁,可能是全分局最早退休的人。

第一次来真水无香公益基金会之后,黄国华就把我们这当作他在杭州的家了,平时只要回杭州,都会来坐坐聊聊。而黄国华第一次来我家里,就让我感受到了满满的热情。炎热的天气,他拖来很大一箱当天摘的葡萄,用冰冻的矿泉水保鲜,说给我家的小孩吃,这是绿色食品。第二次又带来了当地的羊肉,笑说是自备的下酒菜。

之后他回杭州,都会拎着他的下酒菜到家里来喝酒聊天,每次聊的还是他人生中刻骨铭心的往事。

黄国华,一个不寻常的警察

黄国华的警察人生结束了。他以为退休了,离开了公安局,心结就没了。然而这以后的几十年,那个女犯当时说过的每一句话、每一个表情,还像烙印一样刻在黄国华的脑海里,怎么也忘不掉。

他依然固执地认为徐骊不该被枪毙,依然觉得他的一等功是她用性命换来的。整整28年里,他每个周五要理一次头的习惯也一直没有变过。一开始是进理发店,后来干脆买个电推自己理,但依然是在星期五这一天。无论走到哪里,这个心结还是一直纠缠着他。

有一次,他提前了一个月和我约好时间要来我家吃饭,至于为什么约了这天,我没在意,他也什么都不说。等他来了我才知道,这天是他的生日。我想,这些年许是他太孤独了——不是说他生活里少了吃饭热闹的场合,而是缺少可以一起聊心中真正郁结的朋友。

每次见到他,他谈及最多的就是他的母亲。黄国华年轻时相貌英俊,大家都说他像母亲,不仅是长得像,性格更像。他说他母亲总是先考虑别人。

从公安局申请早退前,唯一让黄国华举棋不定的,是母亲对这个决定的态度。他是家里的小儿子,也是三兄妹中母亲最疼爱的孩子。黄国华问母亲:"您怎么想?"母亲只有一句话:"儿子,你想好了没有?想好了就去做吧。"

退休后,黄国华的生活有些拮据。当警察时,黄国华没攒下什么钱,单位分的房子房贷还没还清,儿子也还在读中学。于是,他去老战友那儿打些零工,在外地东奔西走。

那是2007年,黄国华46岁。准备离开杭州的行李箱里,除了母亲的相片,也装着他摘掉徽章的警帽和警服。母亲问他:"你不回来了吗?"黄国华说:"回来的,但这身衣服穿惯了,想随身带着。"

母亲看儿子经常不在杭州,觉得心疼,总是想方设法地凑钱帮他。黄国华回忆:"后来我才知道,那些年,我母亲为了能省几块钱,每天骑自行车从观音塘到彭埠,来回16公里,去买最便宜的菜。而那时,她老人家已经73岁了。一直到她生病前都是这样,来来回回总有五六年的时间,她从生活开支里省下一些贴补我。"

黄国华的叹息,让人心头一酸。也许,如果不是因为那个案件,他不会变得那么消沉,生活和家庭也不会变得那么支离破碎,更不会因为辞了工作远走他乡打工,而对自己的老母亲照顾不周。

讲起那天,黄国华的眼里始终有泪:"母亲是傍晚送进医院的,突发脑溢血。我接到妹妹电话,从黄山一路飞奔回城。等赶到重症监护室,我说,妈,我回来了。她的眼皮动了一下,但是没能睁开眼睛再看我一眼。我忍不住流泪,母亲的眼角也有泪滑落。

"我问值班医生,如果开刀能救我母亲吗?医生说,已经开始脑死亡,做手术最多只有5%的希望。我和哥哥妹妹商量,只能放弃治疗。

"我想起上一次母亲住院时,我陪着她。晚上,看到同病房邻床阿姨病痛抢救的情景,母亲不禁触景生情。她悄悄和我说,如果她以后到了这一天,不希望搞得这么复杂。她希望干干净净地走。

"我母亲插的管子,是我到家里给她拔掉的。为母亲守灵的那三天里,我没怎么掉眼泪。看母亲的样子,就像睡着了一样。我每天晚上和母亲讲,我说,老妈,你不要和我开玩笑,我觉得你根本就没有走。

"母亲出殡那天,在灵堂告别仪式结束,棺材抬进去的那一刻,我整个人彻底崩溃了。永远站在我身边的母亲,永远无条件支持我的母亲,从此真的就天人永隔了。

我扒着棺材不放手,我心里明白,只要一进去就永远也见不到最爱我的母亲了。"

这些年来,每到母亲的忌日,黄国华总会在母亲遗像前摆上蚕豆、鲫鱼、豆腐干和红烧肉,这些是母亲生前最喜欢的。每逢初一、十五,他也会在母亲遗像前,点一炷香,念叨一下自己的近况。

有时,黄国华想到母亲,也会想起徐骊,想到她回忆自己儿子时的那种脉脉深情。她或许是一个罪犯,但为了儿子,不管承受多大的痛苦也在所不惜,儿子是她走过人间地狱的唯一动力。至少,在她儿子心里,她应该是一个好母亲。

"我母亲知道,我是破了案子,但解不开自己的心结,所以才去剃了个光头。记得当时她看到我光头的样子蓦然一惊,但马上恢复平静说:'儿子,只要你问心无愧就好。'有时母亲到分局找我,会笑着跟门卫说,我是你们这儿光头的妈妈。一说光头,全分局的人就都知道了。这就是我的母亲,从小到大,她总是无条件地支持我、信任我、理解我。可是世界上最了解、支持我的母亲却走得那么早,那么猝不及防。我总觉得母亲是因为我才走得那么早的,我对不起母亲。"

黄国华讲,三个孩子中母亲最偏宠他,是因为觉得他为家里挑了担子。在黄国华的人生中,下乡当知青和当兵这两件事对他影响最大。

1977年4月,响应政府上山下乡的政策要求,每个家庭要有一个孩子下乡去当知识青年。哥哥身体不好,黄国华就自告奋勇地代哥哥去,当时,他还悄悄地把年龄改大了一岁。

下乡地点在新安江边的建德下涯镇。16岁的黄国华,一米八的大个子,身体强壮,挑担子一点儿也不输于当地农民,别人挑一百斤,他会挑一百五十斤,直到累得把腰都扭伤了。在秋收最辛苦的时候,黄国华会和同宿舍的知青半夜出动,一晚上把村民的稻子收割完成。然后等着第二天看村民们惊讶、欣喜又百思不得其解的表情,他们躲在一边偷偷地乐。这以后,黄国华和当地村民结下了浓厚的感情。

一直到现在,他和下涯镇的老乡都还常常联系。村子有什么喜事,大家总想叫上他;只要有时间,他一定赶去,和他们大碗喝酒、闲话家常。

1978年征兵,黄国华家里本是妹妹去参军。但家里只有妹妹一个女孩儿,父母亲和兄长都舍不得,黄国华又从插队的下涯镇大洲公社直接出发,主动代替妹妹加入了部队这个大熔炉。军旅生涯更加强化了他乐于助人的性格。

黄国华所在的特务连，相当于部队的精英连，当兵5年，他业务技能样样拔尖，一年不到就跳过副班长直接当上班长。在各项军务技能评比中他总是遥遥领先，甚至连擦枪，也比军械处的同事干得专业。他还考到了神枪手、特等射手级别，同时他是一个好教官，为连队带出了9个神枪手、13个特等射手。那一年，他带领团队去南京军区参加全军大比武，夺得了团体第一名的好成绩。

当班长时，他把该得的所有荣誉统统给了战士们。如果按照他在部队的表现，十个三等功都拿到了，但是他一个都没要。因为他觉得来自农村的战士更需要，有利于他们日后转业分配，而自己回城找工作是比较容易的。

1983年，黄国华从部队转业回杭州，刚好当时杭州市人民警察学校正在招聘军体老师。只可惜，当年为了顶替大哥插队，他高中毕业文凭没拿到就下乡去了。招聘方对黄国华的学历有些迟疑。黄国华不甘心，写信给当时的杭州市市长，信里表达了他想去警校当老师的心愿，他也在信里问，到底是文凭重要还是专业技能重要。

黄国华回忆："有人告诉我，写信找市长，不要在信封上写'市长收'，那样信会被秘书收去，要写市长的名字。我不知道市长是否真的收到我的信了，但没多久，我就真的如愿去警校当军体教师了，主要教队列、射击、擒拿格斗。"

在警校,黄国华是出了名的好教官。上军体课练习倒功,他从不要求学生们倒地时发出响亮的声音,反倒是要求声音越小越好。他认为,虽然倒地声势浩大更磨砺血性,但倒功的动作要领原本就难,还是安全第一。

学校里,黄国华是最受学生欢迎的老师。学生们想要改善大锅饭的口味,他就帮着买教工食堂饭票。学期末,他又会把办公室腾出来,让给学生用来复习迎考。他跟学生们说:"课堂上45分钟我是你们的老师,下课后我们就是兄弟。"

黄国华童年时,在杭州天长小学读书,因为擅长跑步,被选进杭州市少年足球队。有一次黄国华踢比赛,他父母特意请假半天,到现场来看黄国华踢球。

"我是守门员。大家都想进球,不愿意守门,那我就上了。球队里总要有人守门吧。守门员的作用就是守住球门,有时还要匍匐在地上。那也是唯一一次我父母两人一起来看我比赛,我很想能表现得好一些。但直到下场,我才知道,我母亲不断用手蒙着眼睛看比赛。她从来没有看过足球赛,想看看足球赛到底是怎么比的,但是她看我突然就要去扑球,又紧张地蒙住眼睛。

"后面,不论是我当教官还是当警察,我总会想起我母亲看我踢球的情景。每个孩子,即使已走向社会,走上工作岗位,也还是父母最珍视的小孩。"

1990年7月,一个偶然的机会,黄国华从杭州市警校调至涌金派出所,成为一名治安警察。

刚到派出所工作时,黄国华有些不适应:"不干这行,不会这样直观地面对社会,了解各种人间疾苦。我一直以为,人从来没有绝对的善与恶,有时候犯罪嫌疑人也有可能是受害者。看多了,很多时候会陷入迷茫,会觉得束手无策。帮不到你以为你可以帮助的人,这感觉糟透了。讷河案里的徐骊尤其如此。那个案子结束后,我梦见过徐骊好多次。在我同事看来,我被这件事情绕进去了,有了心结,出不来了。"

在很多人的眼里,黄国华是个有点儿不一样的警察。

黄国华办过不少刑事案件,更多的是治安案件。涌金派出所地处上城区,管辖范围从西湖一公园到六公园,那里是外地游客最密集的地方。而那几年,警察黄国华一来到这儿,总是需要处理与卖淫嫖娼有关的案子。

在办理这些案件中,黄国华从来不会去冲宾馆房间,也从来不会动手打犯罪嫌疑人,这是他给自己定的原则。黄国华记得他唯一一次动手,是有个线人打伤了和他搭档的工纠队员。当时一下气急了,抡起一把扳手就朝线人头上砸过去,眼见得一道血流从眉毛处涌出来,瞬时让他惊出一身冷汗。从此之后,再没有对任何人动过手。因为他知道,多年的军旅生涯让他出手很重。

对儿子的教育也是如此。他从来没有打过儿子,但警告过儿子,一旦老爸哪天动手了,那一定会出半条人命。有一次,儿子逃学去网吧玩游戏,被黄国华从网吧里揪回家。儿子知道他曾经说过的话,也知道老爸说一不二的脾气,居然跟当时在一起的同学说,赶快报警,否则回家就没命了。

甚至,为了时时提醒自己不能轻易出手,他在自己胸口刺了一个"忍"字。而这么多年来,他也确实从未对任何人动过手。

在20世纪90年代,处理卖淫嫖娼案件时,公安部门有一条规定:对嫖客的罚款决定需要书面寄送到家庭或单位。

黄国华说:"如果有当事人请求,不要把治安处罚决定通知寄到家里或单位,我也会同意,并且会当着他们面把处罚通知撕碎。这样的事情总有几十次了,虽然违反了工作规定,但我从不后悔。我认为有很多家庭因此避过了风险,也有很多人真的吸取了教训,再也不会犯此类的错误。对这些人来讲,只要他认识到错了,就达到了教育目的。而如果家庭没有了,或者工作没有了,连改正的机会都没有了,也许,他还会自暴自弃。"

有的卖淫女在被关押进妇教所之前,黄国华都会出于工作习惯,问一句,需要点什么东西?如果对方要求,他甚至会把他妻子不穿的内衣也送给这些女人。他说这不是看不起她们,而是她们真的需要。如果每件都要去买新的,自己经济上也承受不了。而且她们也不嫌弃,毕竟有的穿就很好了。

黄国华这样的做法,在当时肯定是有些风险的。但他觉得,只有这样做才合乎人情,也能让自己心安。

这些事、这些话让我有特别深的感触,我看到了这个普通警察那颗朴实的心。我相信,一个人的善良不仅仅表现在一个方面,它贯穿一个人待人接物的始终,会在多侧面、多层次、多方位得到映照,它是人性中最温暖的部分。

黄国华觉得,办案子有时候就跟行走江湖一样,法律是依据,是准绳,绝不能忘,但在此基础上,偶尔也要讲"忠义"二字。为人也是如此,这是父亲教给他的。

"那时候,我父母亲都在医院食堂工作。周日休息时,有的人家请他们去做婚宴,我总是跟过去打下手。战友夸我杭帮菜烧得好,尤其是油爆虾、糖醋排骨,其实,这都是年少时和父亲学的。

"但在我小时候,没少给父母惹事。和小伙伴打架,因为我个头高,总把别的小孩打得鼻青脸肿,时常有邻居来家里告状。我父亲从不为此动怒。父亲对我的鼓励特别多,他常给我讲做人的道理,会说我哪一件事情做得不对,为什么不对。

"从小到大,我爸只打过我一次,但这一次让我终生难忘。当时,医院病房有个病人很穷,医药费都付不出,吃饭就更没钱了。我觉得他可怜,我想,反正我父母亲都在食堂里面,把食堂的饭票拿来给他,能让他吃好一点儿。后来,医院护士发现了,问怎么这段时间这个付不起医药费的人吃得好起来了?

"查明原因后,我父亲狠狠地打了我一顿。我想躲在母亲身后,可母亲也拉不住。我父亲用补轮胎的锉刀在我脸上锉了一刀,这个疤留到现在。它让我始终记得父亲的教训:任何事情都必须在合法的范围内进行,哪怕是要助人为乐。

"我家的管区警察大老王看到我父亲,常说,老黄,你家小儿子要管管牢。后来,我立了一等功,也是大老王跟我爸说,你家小儿子不错啊,我干了一辈子警察,连个三等功都没有。我爸嘴上不说什么,但我知道,他是以我为骄傲的。"

2012年,黄国华母亲去世后,他带上父亲一起在黄山生活。因为他答应母亲，会替她照顾好她这辈子最爱的人。

黄国华说，他总在想，一个人要怎样才算不虚度此生呢？当年一起办讷河案的同事梁宝年，立了二等功。后来，他当了湖滨派出所副所长，干起活来也是没日没夜不要命。但他得了一种罕见的皮肤病，去世时不到40岁。对于他的家人来说，一块冷冰冰的奖章和一个活生生的人，显然后者更有意义，然而，干上了警察，又不可能尸位素餐，消极无为。

好好活着，好好地陪伴家人，再无奈、再平凡，也是有意义的。每逢春节，一向很少在朋友圈里分享自己动态的黄国华，总会和父亲自拍一张合影，写一句："祝老爷子春节快乐，身体健康！"有朋友很久没看见黄国华，一看见合影，就给黄国华留言："你怎么还是光头啊？"

此后的大半年里，当我一次次如朋友般走近他，倾听黄国华的一身苦涩，总会意识到，他的心结，以及他在这个案子里感受到的百感交集，也许并不是个案，每位警察估计都或多或少体会过法律与人情的冲突和撕裂。每一次的选择都会让人接受一遍世事无奈、命运残酷的洗礼。想到这儿，曾从警22年的我，心中莫名涌起一种巨大的忧伤。

尼采曾说,当你凝视深渊的时候,深渊也在凝视着你。

为什么我们总在寻访老警察?尤其是那些为城市治安做出过贡献的优秀警察?为什么警察是和平年代牺牲最多的职业?在对黄国华的采访中,我越来越清晰地感受到:警察的牺牲,不只是生命,不只是幸福的机会,不只是个人的名利,他们这些看起来无比坚强的人,内心也有我们常人无法想象的郁结,而这种情绪和心理上的隐形牺牲,更不为人所知。

也许,在面对危难时,这些坚强的人选择前进还是后退,并不是最大难题;更难的是,在短时间里,接触到各种犯罪之下,卑劣的人性,极端的黑暗,惨烈的现场,纠结的人间悲剧。心理不强大,扛不住的人,往往会被这些拖入到灰暗之中。

很多的警察虽然一如既往地办着案子,但普通人看不出来的心理损耗却日日夜夜不曾停歇。好与坏、是与非,如火焰一般,在他们的内心摇曳燃烧。他们带着这些回家,带着这些睡觉,直到不得不讲出来,或者根本没机会讲出来。

黄国华就是这样,无论走到哪里,这个心结始终纠缠着他。

黄国华告诉我,他余生最大的心愿,除了照顾好父亲,就是真的很想见见徐骊的家人。他想告诉他们,他是破获讷河案的警察,在这个案子沉默如谜时,是徐骊的坦白,才让案子浮出水面。而让她主动开口的原因,其实并不是一包卫生巾,而是确认主要团伙成员都已被警方控制,威胁家人生命的可能终于不存在了。黄国华还想说,他见过很多女犯,但徐骊能一直忍辱负重,甚至自己也和魔鬼沦为一丘之貉,都是因为惦念着儿子的安危。

那年夏末,黄国华和我最后一次在我家中碰面。

窗外,天灰暗了下来,屋子里也是灰暗的。对面住家有几点灯光,在越来越深沉的暮色中闪动,好像很远,又像很近,仿佛黄国华正在回忆的往事一样,闪闪烁烁。我忽然冒出一个念头,既然黄国华那么多年心结都放不下,我们何不去一趟当年的案发地?

黄国华天性忠厚,为人随和,他的委曲求全,他的总替别人担心的习惯,让他成了这样一个他。然而,一个人的人生,有多少个28年?28年都受一个问题困扰,代价不可谓不沉重。这沉重到底值不值得呢?是不是有必要来一次现场重组?回到从前,回到现场,直面发生过的一切,让真实的事实来决定,什么是应该?什么是不应该?什么是值得?什么是辜负?28年前的那个案子,到底是怎样的情况,让这样一个原本不应该被裹挟的人,命运随之改变?

这样一个大胆的决定,就在2019年的秋天开始实施了,尽管那时我们谁也无法预测,在那片遥远的黑土地上,还存留了什么,能遇见些什么。那时,我们心中涌起的执念,就是去尽最大努力还原。

2019年9月22日,我和前杭州市局刑侦支队支队长、真水无香公益基金会秘书长余伟民一起,陪着黄国华踏上了开往齐齐哈尔的列车。

28年前,那个最寒冷的冬天

黄国华在涌金派出所上班时,每天从观音塘小区出发,要走一段清泰立交桥。立交桥下,有一段铁路向北蜿蜒。有时,远远望见火车飞驰,黄国华总会想起28年前的车站站台,想起徐骊跪在他面前的绝望。

28年后,在齐齐哈尔火车站,在离杭州2600公里外的北方,在这个1991年讷河案要犯从杭州被押解回来的终点,黄国华刚一下火车,便迫不及待点了一根烟。

扑面而来的北风打着唿哨,站台上,行李箱轮子的碾动声与此起彼伏的手机提示音交织在一起,那些关在他心里28年的沉重往事,也一窝蜂地涌了出来。

当黄国华的背影混在陌生的乘客之间,无非就是一个普通的人过中年的男人。可他在人群之中不知不觉放慢的脚步、时不时左顾右盼的打量，都提醒着我，我们此行所面对的，不仅仅是黄国华从1991年开始重新被定义的人生；还有从这里改变的许多人的人生。

齐齐哈尔，名字源自达斡尔语，有"边疆"之意。可如今，眼前这个宽敞明亮的火车站，已和其他城市相差无几。20世纪90年代，从哈尔滨到齐齐哈尔，要乘绿皮火车慢慢吞吞地走上三四个钟头，如今，一个小时左右就到了。

车站离徐骊曾经的家只有十几分钟车程。当年，她和老公吵架后走出家门，一气之下来到火车站，被贾汶戈团伙盯上，从此走上了不归路。

当年，也是在这个车站，她被监视着在广场徘徊，引诱一个又一个外地人搭上去讷河的火车。那一个个陌生人的人生，就从这一列列有去无回的"死亡列车"开始，被残忍抹杀。

当年，也是在这个车站，她明知道儿子就在十几里之外的家中等她回家，她也不敢多迈近一步。她带着咫尺天涯的伤痛苦苦支撑，到最后，甚至不忍，也羞于让儿子记得自己的名字。

28年来，一列列火车呼啸而过，而那些在记忆中折叠的万千个瞬间，已经一去不返。

世事变迁，要找到讷河案的亲历警察谈何容易！他们有的退休无从联系,有的已经去世,就连当时来杭州办案一直吊盐水的讷河刑侦刁大队长,也在半年前因病去世。

几经周折,我们寻访到了讷河案杭州押解组组长,当年齐齐哈尔市公安局的局领导之一。当时,是他带着押解人员去杭州执行押解任务。去杭州执行任务的押解人员一共14人,其中讷河当地派了10名干警,齐市抽调了4名。

一听我们从杭州赶来,不多寒暄,老局长就知道我们此行是为了讷河案。他皮肤黝黑,讲起案子声音洪亮,全然不像是一个80岁高龄的老人。"这趟差事,局里让我去,其实心里特别别扭。押解路上,来回十多天,没有一会儿心里是舒坦的。"

接到任务后,他们立即赶去杭州,和杭州市公安局上城分局的警察开展交接工作。但在押解的方式上大家有一些争议。

他回忆:"有警察建议飞机押送,我反对。包机的成本太高,还考虑到安全因素。我建议火车押运,包一节车厢。11月8日,我们准备将3名重犯从杭州押送回齐齐哈尔。杭州看守所没有电梯,这3个重犯戴着镣铐,光下楼梯就花了好些时间。贾汶戈经过时,看守所的在押犯人都趴在铁窗边看,他吼了一句:'战友们,我走啦。'这情景我到今天还记着,是因为太嚣张、太可恨!"

从齐市出发前,这位局领导特意做了一面锦旗,想送给上城区公安分局。另外,他还带了一万块现金,想请所有办案警察吃顿好饭,但他说,这些都微不足道,都不足以表达我们对南方同行的感激。

再三讨论之后,押解方案最后确定,包一节软卧车厢,把车厢中间的小桌子拆了,让三个重犯都坐在地上。除了齐齐哈尔的14名警员,杭州当地也派了10名特警人员一起参与押送。大家轮班,4名警察看管1名犯人,其中对贾汶戈等两名重犯采取戴脚镣、头盔、手铐,加上蒙眼、堵耳等措施,以防止其自残。而对徐骊,押解组决定,不给她戴重刑具。

从杭州出发,先到南京,在南京羁押一晚,次日早上8点启程。为确保押解万无一失,公安部下了命令,这列火车从杭州到南京,从南京到齐齐哈尔,每停一站,当地公安局的一把手要到火车站检查。

列车到了南京,杭州的10名警察结束了押解任务返回杭州,南京警方接力,负责从浦口转押至齐齐哈尔的护送。

"出发前,为了防止路上出意外,有人建议给贾汶戈打针杜冷丁麻醉剂,我坚决反对。一路上,3名重犯的情绪没有很大起伏。姓李的犯人比较沉默,贾汶戈则还想瞒天过海。他自言自语,我在黑龙江可没犯什么事……而我曾经问过徐骊:'你这么年轻,为什么要助纣为虐?为什么不跑呢?'她只是很小声地回答:'我不敢啊,他会杀我全家的。'回到齐市,我们直接把犯人押至看守所,全局的警察都在等我们。"

那个冬天,讷河县城树上的叶子都已经落光,光秃得就像徐骊的内心,再也没了惶惶不可终日的不安,但同样永不复得的,是她没有来得及老去就已来日无多的人生。也许,唯一让她可以得到安慰的,是她的儿子从此安全了。

老局长再一次看见徐骊,是在行刑那一天。他在刑场负责警卫工作。正是腊月,气温冷到零下三十几度。当徐骊从车上走下来时,也认出了老局长。她缓缓走到他跟前,对他鞠了一躬:"谢谢您对我的照顾,这辈子我报答不了您,下辈子再还您吧。"老局长也只有叹口气,说:"你好好走吧。"只见她慢慢走向刑场,随后,枪声就响了。

推算起来,徐骊被执行死刑时,刚刚27岁。

齐齐哈尔到讷河的高速公路两边,秋日敞阔的平原硬朗舒展,<u>一丛丛</u>芦苇铺天盖地。可当车窗外第一次闪过"<u>讷</u>河"的行路指示牌,我的心中顿时为之一堵。

北方小城有一种特殊的平静,那里静水深流,一成不变的街巷永远平淡,没有波澜,是那种似乎亘古不变的日常。临近国庆,讷河小城主干道的路灯柱子上插着五星红旗,看上去和其他小城的喜庆蓬勃几乎无异。

车子终于缓缓停下,想到旧时现场近在咫尺,徐骊当年深陷的杀人魔窟就在脚下……那一刻,我心中掀起的波澜丝毫不亚于28年前,那五十多字的简讯带给我的震惊。

这座废墟在一条静静的小弄里,车只能停在弄口。当地警察陪同我们一路走进去,而弄口旁,就是一个派出所。正午的大太阳下,街道忽然静下来。道路一半在阴影里,一半在阳光中。当地人说,这条街道阴气太重,即使站在太阳光下,依然止不住地觉得寒气逼人。前进200米左右,一座坍塌了一半的房子独立在阳光下,院子里杂草丛生。我不由得倒吸了一口凉气,心提到了嗓子眼儿,这就是传说中的那座魔窟吗?

房子只剩下了房架,没有大门。越过低矮的土墙,可以看见院落里被风吹动的荒草。门口的石阶角落里一些草茎在挣扎,茎叶上有花儿,花儿的旁边有一些小小的洞穴,应是黄鼠狼出没的地方……

这一切,令我头皮发麻。

黄国华想法儿跃过低矮的围墙,进到院子里面的荒草丛。那口窨井,也掩盖在杂草之下。地窖上盖着几块大石头,试图掩盖那黑洞之中惨绝人寰的劣迹。地窖有六米多深,离这个窖的口子隔一米多远,还有一个一米见方、直上直下的坑。1991年的冬天,从这两个黑漆漆的坑里,曾挖出过四十多具尸体。

那天中午,这个真真切切弥漫着28年前血腥气的魔窟,还是给了我难以磨灭的恐怖记忆。我戴在项链上的一颗琉璃佛珠,竟然就在那一刻,挣脱包裹的银囊项坠,跌落而下。当时,所有在场者都震惊极了,甚至当地的警察都不禁感慨,这巧合似乎喻示着连佛珠都难以忍受现场这深重的冤气。

讷河市公安局局长当年是名年轻的警察,案件破获那几天,他被派去看守所。在他记忆之中,整个东北几十年里,都没有比1991年冬天的讷河更凛冽的北风了。接到这么一个案子,小城所有的警察全都动了起来。当时,他参与看管二号案犯李川。

"看守所里,和他面对面坐着,隔着铁窗。除了审讯警察,看守的人都不允许说话,一圈儿半的警察围住案犯。冬天里,车子不好骑,从家到看守所得骑30分钟,穿着棉大衣,头发上、眼眉、眼睫毛上都是白的,手都是僵的。"

他提到,那个时候常常听到徐骊的歌声。"大家都知道唱歌的人是她,她当过幼儿园老师。那时的看守所就巴掌大点儿地方,女监的动静这儿全听得到。她唱歌的声音很柔和,其实她面前只是光秃秃的水泥墙壁,但她的歌声里像是有听众一样。她唱得最多的一首歌叫《祈祷》,'让时光懂得去倒流,叫青春不开溜'……大家都知道这个案子里她的处境,也不去打断她,让她唱吧。"

就这样整整看守了一个月。

讷河市公安局刑侦大队长,当年只有二十多岁,刚刚走上警察工作岗位。他当年的任务是看守挖掘尸体的现场。他说:"这个案子唯一帮到自己的是'明天越来越好',因为此后再也没看过比这更惨、更让人崩溃的现场。我们当时都害怕,一宿一宿地看着。挖出的尸体,好多是不完整的,颅骨、锁骨、胯骨,这三个地方有了算一具,剩下的全装塑料袋里,院子里摆着一溜儿。我记得清楚,我是从10月26日开始执勤的。那天还下雪了,我们带着枪都害怕。那一院子都是尸体啊!想要去上个厕所,一个班的六七个警察都约好一起去。

"那气味……真的是这辈子都忘不了。我们这些执勤的都觉得,有可能马上就被呛得撑不住死掉了。老法医都给呛昏过去了,六米深的窖,里面缺氧,尸体高度腐败,不是专业的不敢动,就得法医下去,系个绳子,往上传。法医下去前,得不断地用鼓风机往洞里吹风散尸气。"

因为讷河案,当年讷河撤县建市的申请工作被耽误了整整半年。这个案子在讷河县志上也曾被记载。

大队长回忆:"当时大家都说,讷河算是完了。那年春节,附近亲戚都不愿意上讷河来串门,觉得晦气。报上、杂志上都登了,'不想活,到讷河。'上至80岁老人,下至几岁顽童,都知道讷河有个杀人魔。案子破获后,原来的公安局长、政委、派出所长等集体被免职了。如果当时在杭州,是按麻醉抢劫案判;如果当时徐骊没有检举自首……不敢想象啊!"

1991年10月23日,讷河县公安局接到杭州市公安局的电报后,属地片儿警上门查证,没找到贾汝戈家,于是回电,"查无此案"。第二天,齐齐哈尔市公安局接到杭州市公安局发来的案件电报。局里下命令说,必须找着这家。等警察上门,只有房东老两口在。

这个房子是贾汝戈租来的,和房东老两口平时住的屋子就隔了一堵墙。老两口住西面这屋,他们住东面屋。出事后,房东老太太吓得逢人就哭。警察来调查,她唯一能回忆起来的,只是贾汝戈家人来人往特别热闹,尤其是一到晚上,录音机里的音乐声就响个不停,但表面上真的看不出来贾汝戈是杀人狂。

现在想来，这个案子残忍到突破所有警察的认知，也与当时的社会情况有所关联。20世纪90年代，一部分人已经富起来，一部分人正从贫困走向温饱，刑事案件逐年上升，破案率却没有相应地上升。而当年街上没有现在这样遍布的监控探头，也没有现在这样便捷的通讯工具，如果有人失踪没有报案，也没有证人，就真的会像人间蒸发了一样。

为此，那些年里，公安机关时不时都要搞一下严打专项行动，可见在当时，治安形势甚为复杂。如今有不少人因为媒体报道的一些案件，就片面地认为当下的治安似乎没有几十年前的好，这是极为片面的想当然。过去的很多案子，只是因为消息闭塞传不出去而已。

贾汶戈的面具是一层一层被撕开的。贾汶戈是典型的"灯下黑"，就算他站在你面前，你都看不出他是个杀人犯。

据小时候就认识他的管区警察介绍，贾汶戈父母死得早。小时候他聪明机灵，小学、中学都是当班长的，有个好学生人设。初中毕业后，他先被分配在一家当地工厂，做倒沙工。很快，他本性暴露：干活钻营，男女关系混乱，他的师傅开始看不上他。当得知贾汶戈和自己的养女李小芳恋爱，更是竭力阻拦。

不久，贾汶戈从工厂辞职，找了个杀牛的活儿。杀牛收入比较高，他攒了点钱，用这个钱他在讷河租了房，正儿八经注册了营业执照，办了个汶戈糖果厂。"法人"一栏写着他名字的营业执照，成了贾汶戈去火车站招摇撞骗的"利器"，招女工、招会计出纳、招仓管员……

徐骊就是这样被贾汶戈"招"到了讷河。管区民警说，当年的审案警察曾说，徐骊不敢举报跟贾汶戈对她的心理威胁也有很大关系。贾汶戈一直宣称自己在江湖上还有一个大哥，自己一旦出事被警察抓，这个大哥也会替他杀掉徐骊的儿子。团伙中其他几个人屈从于贾汶戈的淫威，也是怕他这个所谓的大哥。其实根本就不存在这样一个人。

当年不顾养父反对跟贾汶戈结了婚的李小芳，更是尝到了自己酿的苦果。李小芳睡觉的土炕下的地窖，不断有新的尸体。这些人被杀之前，都以为是来糖果厂工作的。李小芳整夜整夜睡不着，也不敢违抗丈夫，只能吃大量安眠药。她常常一个人趁丈夫不注意，溜到县城电影院看通宵电影。她哪里是为了看电影，只是无处可去。

贾汶戈去苏州前，曾对李小芳讲，会每隔半个月和李小芳联系一次；如果过了半个月还没有接到他电话，就是他出事了，让她自己看着办。警察找上门来那天，李小芳也是去看电影了，回来一听老两口讲有警察来问事情，就立即畏罪自杀了。

后来黑龙江省公安厅专案组赶到时,马上把她送医院,要求不惜一切代价抢救这个知情人。但是由于她中毒太深,没有能够救回来。

从案发现场回到车上,继续马不停蹄,前往鹤城(注:鹤城即齐齐哈尔市)刑侦支队。一车人谁也没有讲话,因为那个现场实在是一个深渊,把我们的精气神深深地吸走了。

残阳如血,接着便落下去了。风吹平原,如浪似海的芦苇在金黄的旷野上起伏。这些植物一茬儿又一茬儿倒下,来年又会被春天唤醒,生生不息。然而二十多年前在这魔窟里倒下的一个又一个生命,来年春天不可能再被唤醒,生命太脆弱,比不过风中的芦苇。

我们跌宕起伏的心情还远未收拾好,鹤城刑侦大楼历史博物馆里更真实的残忍又在等着我们,时间也掩盖不了的血腥在28年后依然弥漫在里面。

陈列室里静悄悄的,墙上及玻璃展柜里,当地警方依然保留着讷河案现场勘查照片,有公安部专家所绘的现场方位图,还有不少现场留存的物证和照片。

直面这些血淋淋的展品,讷河案的滔天罪行愈加人神共愤。42个死者(包括贾妻李小芳在内),这个数字并不只是一个两位数,它是42条鲜活的生命。对于那些失去亲人的家庭,用28年的时间疗伤是远远不够的。

从警二十多年,见到的案发现场总是各有各的惨烈,即使只是公安战线的新闻记者,在我所触碰的报道领域,也总会面对这些惨烈,但我似乎总是会本能般地提醒自己,忘却那些令人发指的罪行,只记住正义最终会实现。但当置身于这种让任何语言都显得苍白无力的犯罪事实之中时,这令人发指的罪恶即使如今只是在档案之中,也让人有一种瞬间被摧毁,无法呼吸的感觉。

当支队领导讲到一对父子的遭遇时,我们的心沉到了冰点。一对卖黄豆的父子被骗进贾家后,他们对父亲先下手。父亲激烈反抗,并对院子外的儿子大喊"快逃"。儿子本来有机会逃命,可为了救父亲,他冲进屋里和他们拼命。徐骊和另外一个同伙帮助贾汶戈制服了儿子,最终杀了这对父子。如果当时这对父子中有一人能跑出去,就会有人报案。也许,后面就不会有更多人无缘无故地死去。可天下又有哪一个儿子,眼见着父亲身陷险境而不救呢?

让徐骊在讷河案中不再无辜的,不仅仅是这一桩案子。即使她起初也是受害者,但她的犯罪事实,和贾汶戈团伙的其他人一样不可饶恕。

这起案件讲完,在场所有人的目光,不约而同齐刷刷地投向黄国华。他们知道,这个杭州警察是来寻找自己的答案,解开自己的心结的。看完这一切,听完这一切,黄国华陷入了深深的沉默。他内心的翻江倒海都掉在这无边的沉默里。

这是一场真正的噩梦。滚滚而来的黑暗正宛若振海潮音,无情吞没所有。此后很多个夜晚,我会频频从噩梦中惊醒,梦中就是这可怖的现场。我似乎更深切地体会到了黄国华当年的心情。作为一个不是刑警出身的警察,第一次经办的刑侦案件就是这么一个地动山摇的案件。

那一刻,我也渐渐体会到了徐骊的绝望。一夕之间陷入这样一个人间地狱,这是28年后、坐拥一切现代交通、信息工具的我们无论如何也想象不出的苦痛。没有希望地活着,才有可能在地狱般的境地里活下去。希望,是这个世界上最美好的东西,在恶魔身边的徐骊,没想到碰到黄警官的时候又会重燃起正常人的希望。

想象当年徐骊每次经过离出租房200米远的派出所,心情一定是异常复杂的,开口还是沉默,也一定经历过了无数次的挣扎。于她来说,过去的生命已经死亡,那个在孩子堆里欢笑唱歌的老师已经死去,随着在犯罪团伙中越陷越深,她如行尸走肉般的生命早已埋在地窖里,连同那些无辜者的尸身一样腐烂发臭。

置身事外,抑或深陷其中,关于善良和邪恶,关于人性和法律,关于苦难和人生,或许永远都不会有一个简单的公式可以去判断。

此次寻访讷河案,黄国华一心希望能见见徐骊的家人。

徐骊的大姐徐叶,年近七旬。好几年前,徐叶从齐齐哈尔搬到哈尔滨居住,这才让她的生活有了一些转机和亮色。

原本徐叶不想见我们。谁愿意对萍水相逢的人揭开伤疤呢?谁想承认自己的妹妹是杀人恶魔的同伙?好在属地派出所警察的内勤热心。平时,她和徐叶一起跳广场舞,帮我们做了很多动员工作;后来,她告诉徐叶,我们是从杭州专程赶来的,当年想替她妹妹申请立功赎罪的警察也一起来了。徐叶这才不再犹豫,直接跟着属地警察到派出所来了。刚走进会议室,黄国华立即站了起来。这是黄国华第一次见到徐叶,他很自然地开口叫她:"大姐,你和你妹妹蛮像的。"徐叶马上答:"我妹妹个子还要高,她是我们家最漂亮的。"黄国华问:"你想她吗?"

让人意想不到的是,这句再平常不过的问候,立刻让徐叶泪如雨下。她抬起眼睛看着我们,说:"我当然想她,但是我不敢告诉别人我想她。我也没法怨她,只能自己硬撑着。你们来之前,我还梦见她了。"

徐叶的话头打开后,再也停不下来了,好像这些年,她也一直在等待着,有人能问她这一句:"你想你妹妹吗?"徐叶很瘦,一直半侧着身子朝着黄国华。而黄国华手里的烟,一刻也没停下。

徐叶讲,徐骊属龙,比她小 12 岁,如果现在还在,应该是 55 岁。徐骊从小苦命,她 3 岁时,妈妈就去世了。小时候,家里穷,孩子又多,亲戚建议把她送给别人家。15 岁的徐叶不肯,铆着一口气,自己用小米粥一口一口喂大了小妹妹。

母亲不在,父亲也因病离世,家里的傻哥哥也早早走了,全靠大姐徐叶一人撑着,带着三个年幼的妹妹。她们家是五保户,吃的全靠左邻右舍给一口粥给一碗菜。最困难时,什么也没有,四姐妹就去摘榆树叶吃,甚至拿块盐巴各自舔两口。

苦难的日子望不到头。有天半夜,大姐等妹妹们都睡着了,走到家门口的北大桥,想要投江寻死。她清晰地记得,站在江边,看着黑黢黢的来路,宛若站在世界尽头,想要放声大哭,却又哭不出声音。最后还是被赶来的妹妹们抱住了。到底不舍年幼的妹妹,咬着牙继续苦撑吧。

徐叶生怕自己对不起父母,所以给三个妹妹规矩立得很严。有一次,调皮的徐骊逃学,徐叶听说后,罚她跪了很久。从此,徐骊再没逃过学。

一直等到徐叶进厂工作,生活才有了稍许改善。徐叶拼命干活,被评为优秀标兵、优秀团干部。厂里保送读工农兵大学,全厂只有两个名额,徐叶被选中了。但她果断放弃了,她要照顾这个家,没办法。但厂子仍体恤着她们姐妹,按特殊政策给分了房。徐叶结婚以后,三个妹妹也都跟着她一起住。

等最小的徐骊高中毕业,进了分厂幼儿园做老师,这一家人都暗自庆幸苦难已经过去,生活开始像幼儿园老师徐骊的歌声一样,展现出明媚阳光的一面。

然而不幸的命运依然没有放过这个家庭。到了结婚年龄,徐骊经人介绍,认识了她丈夫,在齐齐哈尔一家国营企业卖肉的小伙子。

徐叶说:"从小我对小妹就管得严,给她找对象,总想找个本本分分的,没想到,结果会是这样。我妹夫长得还行,个子高,但不务正业,不上班。我妹妹被贾汶戈拐走那天,就是他们俩在吵架,因为她怀疑我妹夫出轨她闺密,我妹妹想不通,就自己走了。要是现在,我肯定让他俩离婚,但当时离婚是个不光彩的事情。"

徐叶现在回想起来,真是后悔,徐骊结婚后两人感情不和,经常吵架。起初,吵架后徐骊总跑回大姐家,但是大姐总劝说她不要吵,忍一忍。结果在那次吵架后,徐骊怕姐姐担心,选择了去嘈杂的火车站打发时间。

没有想到,这一走,她就再也不能回家了。谁又能想到,一次吵架,一个小小的选择,就让人生走上如此不可回头的岔路呢?

没有办法绕过临刑前这一刻。

徐叶很瘦,她越是想极力克制自己的抽泣,越是能让人清晰地看见,她裹着厚风衣的肩膀,控制不住地耸动。她回忆,徐骊失踪后,大概过了半年多,她接到过一个徐骊的电话。电话里,徐骊匆匆说,她在一个安全的地方,让大姐照顾好家里,别的啥都没说。

接到公安局电话,让徐叶来公审现场,说她妹妹犯了案子。徐叶说:"无论如何,我也不敢想这是她做的。"从她失踪到那天再见到,徐叶有两年多没见过妹妹了。"她来不及和我多说,只说让我帮她将孩子养大。她说,她在杭州是故意犯案,为了让公安抓到她,能见到警察的大领导。"

行刑前,徐叶又见了一回妹妹。"那天,我和我二妹妹、我外甥、徐骊丈夫一起去了。大家一见面就哭,那场面不敢想。"

能够想象,徐骊见到孩子后的画面,那是被揉碎了的母亲的心,是挣脱噩梦的如愿以偿,是无法正视天真的羞愧,是永生就此别过的黯然。

北方冬天的清晨,天乌漆漆地黑。徐骊的孩子夜里就被抱出家门,等赶到看守所,在半睡中被抱给妈妈,似乎也完全没有觉察,这是分别了将近两年的母亲的怀抱。不等他反应过来,他就被抱离了这个怀抱,从此,他成了没有妈妈的人。

临行前,徐骊站在车上,跟他们挥手告别,一路还唱着歌。她身上穿的那套衣服,从里到外都是大姐新做的,一针一线缝的。她最后说的一句话是:"大姐,我对不起你。"

这个事情后,徐叶在单位承受的舆论压力可太大了。

此后没多久,二妹妹又得了脑瘤,做了四次手术,没挺过来,也走了。这是怎样一个让人难过的人生,这是怎样一个破碎的家庭,徐叶的眼睛已经盛不下更多的悲伤了。她哭不动了。

从大姐的叙述中,我越来越清晰地看到了28年前的徐骊,知道了她有过那样一个悲苦的童年。曾经煎熬过的人生是沉重的,有看不到头的绝望,但她展现在人们面前的,却只有一种无辜的单纯,看不出丝毫的苦难。

小时候的徐骊,应该也有过卖火柴的小女孩那样的一种经历吧,时刻幻想着有一天会出现一个人,把自己带离这痛苦的生活。而现实是,这希望的火焰一次一次被残酷浇灭。这些成长路途中的损伤,一点一滴积累在敏感的心里,让她从少女时期就开始体会人情冷暖、世态炎凉,对此她长久地提防、退让和独自排解,但无从逃避。在沉重的现实面前,她或许习惯了忽略自己的生命,她不会反抗,除了整夜的噩梦和哭泣,她不知如何面对如山崩海裂般奔涌而来的命运。

从齐齐哈尔准备返回杭州的前一天夜里,当地的警察同人找到黄国华。他们请黄警官吃饭,一个个敬他酒,接连碰杯。不知是谁轻轻哼唱起"几度风雨几度春秋,风霜雪雨搏激流",有人从座位上起身,直至大家全都站了起来。不用多说,这是警察都懂的一声叹息,也是只有警察才懂的惺惺相惜。

可以说,去东北之前的每一刻,黄国华始终相信徐骊是一个罪不至死的受害者,或者说,他对寻访结果寄托了某种希望。或许这种希望,就是在这28年中支撑着他固执地理光头的底气。然而结果告诉他,那个让他忘不掉的女人真的杀过人,真的做过那个犯罪团伙的主要助虐者,这让他的执念发生了改变。

我没有问过黄国华的心结有没有真正放下,只知道,他依然每周剃头。

东北之行有一个遗憾之处，就是我们始终没找到当年直接参与审讯的办案警察。当年那个魔窟中到底发生了些什么，转述者大多还是间接的信息。而此行我们也没有找到徐骊的任何照片及个人物件，大姐说搬家时照片和遗书都丢了。网络上找到的有关图片，都被黄国华一一否定，说不是他见过的徐骊本人。这个案件、这个人物，依然与我们的认知隔着一条茫茫的时空之河，甚至，有的时候我都会恍惚，徐骊这个女人，在这个世界真实存在过吗？

讷河回来后大概一个多月，一个早晨，黄国华发来两份文档。我匆匆打开，是徐叶发给他的，徐骊写给大姐和儿子的遗书；同时发来的，还有徐骊年轻时的两张相片。

相片已经发黄，是很多年前流行的照相馆写真。照片中的姑娘戴着一顶不协调的帽子，满月似的面庞布满着对未知人生的憧憬。在帽子的阴影下，她的脸显得真实又不真实。她在照片中存在过，又像是只在照片中存在过，她的人生好像永远停在了27岁的那个春天。不知道那时的徐骊，会猜到她未来的命运比童年时更残酷百倍吗？

遗书整整十二张纸，密密麻麻全是娟秀刚劲的字迹。写给姐姐的，讲述了自己离家出走后所有的遭遇。或许28年前徐骊在写下这些时并不确定，遗书能否送到自己亲人的手中。人之将死,其言也善,相信这些内容可信度还是很高的。这里面写的经历与我们之前所了解的大致相同,然而由亲历者一字一句在临终前道来,还是不禁让人震撼与唏嘘。写给儿子最后的嘱托中,只是一个平凡母亲的最难舍的牵挂:"望你听你奶奶和父亲的话,踏踏实实地做人,要做生活的强者,不要成为时代的绊脚石。更不要像妈妈一样,一步走错步步错,一失足千古恨。要热爱生活,珍惜你得之不易的生命,努力使自己成为对国家对社会有用的人。成为让妈妈放心的好孩子。"

大姐给黄国华留言:"你是个好警察,我替我妹妹谢谢你。你看了这遗书,把心结放下吧。不要再去剃光头了,我们都要好好地过下去。"

尸毒到底是怎样的一种毒?

从 2600 公里以外的东北回来,一颗心始终被什么牵引着,就像东北作家萧红曾写:"当每个秋天的月亮快圆的时候,你们的心总被悲哀装满。"

回想寻访讷河案一行,让人震撼也久久让人牵挂的,是当年法医们的回忆。关于 1991 年的讷河大案,未经核实、耸人听闻的传说,曾满世界沸沸扬扬。而在那个惨烈现场做出重大贡献的法医们,也如真实的案件一样,沉入茫茫的历史长河中,鲜再被提起。

隔着岁月回望过去,我看见的是一个人的命运和很多人的命运。被讷河案件改变的人生,又岂止是黄国华一个。远在东北的裕文君法医,命运同样因为此案而改变。因为长时间高强度的尸体挖掘工作,他中了严重的尸毒。28年的时间,一样没法治愈他身体和心灵的创伤。

再次回到讷河,是在时隔半个月之后。从来没想过,我的人生和这个遥远的北方有了这样不能了却的交集。

最早听到裕文君法医的名字,是听齐齐哈尔市刑侦支队女法医高馨玉提到。第一次来,在支队见到高馨玉法医。她有些中年发福,眼神里有北方人特有的一种热忱,然而在她对讷河案现场的叙述中,一股寒冬般的凛冽就从四面八方开始包围我们。

对东北警方来说,此案最严酷的考验就在于大规模的现场尸体挖掘解剖。

1991年,法医高馨玉23岁,刚从医学院毕业分配到齐齐哈尔市公安局。她记得,那天非常寒冷。下午五点多,接到市局电话,要求她立即赶赴讷河出现场。

去讷河的路颠簸得厉害,到达讷河时,已经半夜一点了。此案省厅派了4名法医,齐齐哈尔市局4名法医,加上讷河当地的 2 名法医,加起来一共有 10 名法医投入现场的尸体挖掘工作。

法医们见到的藏尸现场,比电影里那些对世界末日的描写还要惊恐惨烈。方圆十几里的空气中,那无法形容的恶臭经久不散,口罩根本起不了作用。法医们不得不把房子四周的窗子拆了,便于散发臭气,同时开始检验现场。

贾汶戈家那个菜窖原本可以存放两吨土豆,地窖刚被打开的时候,尸体已经堆到了最顶端。上面的尸体还好勘验,可以一具具地抬。再往下就不好办了,得有法医先下去用绳子绑住尸体,然后由上面的人拉着辘轳往上摇。

这真的不是一件轻松的工作。高法医回忆道:"几十具尸体已经高度腐烂,手一碰就是一团黏糊糊绿油油的尸泥,加上那股尸臭,真是难以形容。以至于我后来再也不敢碰臭豆腐了。

"工作一天后,带着浑身的尸臭回宾馆。宾馆根本不让进,所有人都要去外面的一个淋浴房洗完澡才能进。我当时没有经验,走的时候匆忙,以为一两天就能完成工作,没有随身带换洗衣服,还穿着一双棉皮鞋去现场。结果,尸泥都沾在鞋子上,脚下打滑,后来赶紧再换旅游鞋。

"白天我们在室外,天寒地冻,又没有带厚衣服,只好在现场翻找，也顾不上是不是被害人生前穿过的。我记得我随手找了件粉红的棉袄套上，有个同事指了指我背后，'你看，这衣服后面有划了一刀的口子呢！'我听了虽然别扭，可也没办法啊，总不能冻死，否则没法工作了。

"就这样，一具又一具的尸体从菜窖里移出来。每移完一具尸体，我们都要跑到屋外去透口气。还有些同事，刚绑完还不等移动，就要到院子外面跑一圈，增加点儿肺活量。当时讷河县局的裕文君法医因为长时间工作，昏倒在地窖里，被我们送去医院急救。"

那些尸体和人体残骸被移出来后，所有的法医就进入了解剖阶段。解剖地点就在贾汶戈家院子里。没有解剖台，就用木板临时搭个台，两人一组。当时户外的温度都有零下十几度了，法医们手冻得没办法拿解剖刀，戴着薄薄的乳胶手套，手指僵硬。只好烧一盆又一盆热水，时不时把手放水里暖一会儿，继续解剖。

根据临床上进行尸体后期辨认的重要依据和步骤，法医们需要拿工具把颅骨里的肌腱组织清理干净，然后再把它们放在大铁锅子里煮。这是一个相当恐怖的场景。院子里支起了五六个大铁锅，热气腾腾地煮颅骨。平素这样的操作是法医们的常规流程，但那只限于一两具尸骸，而且大多在实验室内进行。但讷河案这个现场太特殊了，如此大量的尸检工作只能就地建一个露天解剖室。

当时的场景,对于一个刚刚参加工作的年轻女法医,惊惧级别无疑是顶级的。极寒天气加上尸臭浓烈,好多法医都垮了,只能打点滴顶着,有几位法医还患上了严重的肺炎。

整整一个多星期,法医们每天从早上七点一直干到天黑。晚上,满屋子的警察法医边打点滴边分析判断这些尸骸如何拼接。终于,41具尸体的体貌特征依次排列出来,然后根据同时期全国报案的失踪人口进行对比,二十多个失踪人员的下落,算是初步明确了。

这是当时技术手段有限的遗憾之处,如果在今天,使用DNA技术可以较快鉴定遗体。但在1991年,法医们只能用尸块残骸进行拼图,来还原哪块尸体属于哪位死者。

高馨玉因为这次案件荣立了个人三等功。对于刚参加工作的她来说,这是莫大的荣誉。可这次的"参战"经历,也让她比同龄人更早地体会到了极端犯罪的残忍。而她提到的当年昏倒在现场的裕文君法医,早已经从公安局退休,得了帕金森症在家休养。

再次来到讷河,这儿已经是一座有点规模的县级市了。小城的另一边也有了星级饭店,就像大城市的一个角落。从20层楼的宾馆窗户望出去,讷河市大多还是一片低矮的平房,远处有火车,有工地以及望不穿的秋日平原。法医裕文君的家,便也是在这一片平房之中。

警察除了心理受伤,身体受伤更是一种经常出现的现象,裕法医受到的职业伤害,你如果不到现场,不亲耳听到他本人的叙述,根本无法想象。

裕文君出生于1948年,佳木斯医学院毕业,毕业后分到讷河县人民医院,做了一名外科大夫。他因为精湛的技术深受大家好评,年纪轻轻就已被列为副院长的候选人。然而裕医生的人生却在此时遭遇了第一次大转折,因为他手上长了一块很大的神经纤维瘤,很难再拿手术刀了。这相当于宣告了他医生生涯的结束。

1983年,裕文君调到县公安局,成了一名法医。

徐骊被执行死刑当天,他负责在刑场验尸。裕法医记得:"贾汶戈在临死前,还在求情,他想在被执行枪决时和徐骊挨着。这简直就是讷河之耻。那天行刑,贾汶戈确确实实被打了42枪,是我验的尸体。围观群众都说,这样的魔鬼千刀万剐都不够。"

他回忆起28年前下地窖搬尸体的场景,仿佛就在昨天。

"话说从大菜窖里打捞尸体难度还不算大,真正考验我们的是从那个深6米、长1米、宽才55厘米的小坑里捞尸。贾汝戈这人吧,恶贯满盈,但脑子好使,菜窖里的尸体放不下了,他就在紧挨着菜窖50厘米的地方掏了个窟窿,再整个小坑,然后把尸体通过这个窟窿扔进坑里。

"当时有很多同行都下去捞尸,我去的次数最多。现场的臭气真的是没办法形容了。我穿着白大褂,一次一次地下去,从大菜窖里搬完尸体后,又开始钻那个小坑。这个小坑就像一个半封闭的汽油桶,我被卡在这个小坑里,活动空间实在局促,尸臭和残肢腐肉裹挟着我,一推动尸体,阵阵白烟往上蹿。

"我原本还戴着一个配有活性炭的防毒面罩,后来发现根本不管用,索性也就不戴了。我就这样边呼吸着尸臭边干活,干着干着突然就大小便失禁,呼吸困难,一下子失去了意识,晕倒在坑里。"

裕法医事后才知道,当他被抬进县医院抢救时,曾经共事过的医生护士都被他身上这股味熏得呕吐不止。然后大家一边去外面吐,一边再回来继续抢救他。经过一天一夜救治,裕法医终于醒了。醒来的第二天,他就强撑着赶回现场,当时心里只有一个念头,赶紧把这些工作做完。

同事们怕他再出问题,于是想出各种办法驱毒,用鼓风机吹,用氧气弹砸,但是都不怎么管用。这之后,裕法医就晚上打点滴，白天去现场。当时他的工作，除了验尸，还要清洗那些死人的衣服，真的是遭了老罪。

我问，在这种情况下，现场还有别的法医，可以一起分担工作啊。

裕法医神情庄重地回答："我的个子小，可以挤进这个小坑。作为当地法医，那么大的案件发生在讷河，也是心中有愧，有责任把危险的工作承担下来。"

有一天夜里，吊在地窖里的灯泡突然灭了，周围瞬间漆黑，他猝不及防，脚一滑，直接坐到了尸泥上。裕法医中了严重的尸毒，这是他人生的第二次大转折。裕法医说："你问我尸臭是一种什么味道，我只能说，你闻一次就会终生难忘。"

裕法医总想能通过自己的亲身经历，提醒更多的法医尽量规避现场的尸毒。

尸毒虽然是民间的一种叫法，在学理上找不到这个名词，但它却是细菌和霉菌的结合体。可以说，裕法医的后半生都在寻找关于尸毒的资料和解读。这不只是民间的传说，它是一种有形的存在。裕法医说，人死后就形成一个大的细菌培养体，接触腐败尸体的人就容易被感染，而且，它的感染力非常强，一下子就会通过皮肤组织扩散到全身。

其实做法医的都知道有尸毒这一说。就像裕法医说的，做法医，不中尸毒的情况几乎没有。出一般的凶案现场，时间短，强度没那么大，休息几天就可以慢慢恢复。但是那次在现场时间之久，环境之恶劣，都是空前绝后的。加上有过一次昏倒抢救的经历，再重回现场继续参战，让他的身体遭受了前所未有的摧残，大量尸毒对他的中枢神经功能产生了不可逆的损伤，后遗症非常明显。

以后有很长一段时间，裕法医能感觉到自己从鼻腔里呼出的气息都带着这种臭气，他感觉自己的肺部也被尸毒侵蚀了。此后，他经常无缘无故地晕倒，一开始以为是低血糖，犯病时喝点糖水，似乎就能对付过去。但是身体一天不如一天，2012年，他出现了神经系统疾病——帕金森的症状。之后，每个月靠三颗进口造血干细胞维持着。

裕法医的书桌上堆着这些年他反复查阅过的医学书籍，也保留着很多与讷河案有关的照片资料。其中有一张和公安部领导的合影。裕法医说，他是里面官最小的，可能就是因为他的出色表现，领导合影中才会有他的一席之地。当年，因为在此案中艰苦且卓异的工作表现，他立了个人二等功。

自从裕法医得了病，他也遇到了很多病友都会遇到的困境——被治疗的医药费难住了，进口药没法报销，一个月光药费就要四千多。靠自己的退休工资根本难以为继,幸好女儿女婿收入不错,靠他们支持才能坚持到现在。

听着裕法医的回忆,眼看着他哆嗦的手指翻阅厚厚的医学书籍,我心中升腾起难以名状的敬意和心疼。每个案件都是一片浓重的阴影,没有哪个法医不想从中走来。在这些非常人能接受的、接近的残忍世界中,这些没有退缩,只有担当的身影,这些即便时间久远,功绩和付出都不应被忘记。

从没想过这辈子会成为一名警察,在几十年从警生涯中,我也出过无数现场。记得大学毕业实习时,有次报社派我到医院采访一个车祸伤者。医生给他换药时,血肉模糊的断肢着实深深刺激了我,我不禁晕倒在治疗床前,还被抬进了急救室。所以,我特别佩服法医,因为这是我永远不敢正视的领域。

高法医说,讷河案是她这辈子经历过最艰难的一次勘验现场;而我也可以说,这是我这辈子经历的最难忘的一次采访。

对此案的关注,或许是因为自己从警的年代与之天然的契合。因为关注,在这场 28 年后的回眸中,我也望见了自己的从警来路。

也许,我没有机会改变历史,更没有机会去改变讷河案中这些警察以及其他受难者的遭遇,但倘若更多人能从这次寻访中和我一样感受到,那些值守在各个岗位上的警察从不言说的挫折、痛苦、烦恼……他们欢乐中沉浸的悲伤,光荣里苦难的泪痕,平凡中蕴含的伟大,也许,这样的寻访就大有意义。

也许,最有意义的寻访不在这已经落地生根的文字之中,也不在那些还无法写就的事实之中,而恰恰在于每次出发的方向。

谁也说不准我们内心的坍塌与重建,会发生在哪一个刹那?有一些警察或许因为这样的坍塌,离开了原本以为要奉献一生的工作岗位。但更多的警察还在拼尽全力坚守初心与使命。每次想到这些,我总会想起陀思妥耶夫斯基的《卡拉马佐夫兄弟》,想起那里面讲,人应该首先善良,其次应该诚实,但最重要的是不要相互遗忘。

时光永远是镇痛剂,那些尖锐的疼痛、寒冷和挣扎,正随着时间流逝在慢慢地消失,很多释然都来自对过往的放手。

在这一刻,爱和恨都归于平静。希望那些过往是这大地上最后的苦难。

(注:文中人物徐骊、贾汶戈、李川、孙庆园、李小芳、徐叶均为化名。)

附录：徐骊写给大姐徐叶的遗书，原文抄录。

亲爱的姐姐您好：

代问二姐、三姐及姐夫们好。

今天提笔给你和二姐、三姐写下这有生以来第一封信，同时也是最后一封信。由于我现在心情难以平静，手中的笔都为之颤抖，所以我无法像平常那样给家人写信。信的内容只好随心所欲了。

想念的大姐，我现在心里想您和二姐、三姐，想得好苦好苦。回想起我们姐妹四人在一起的情景，就像电影一样在我眼前环绕。

往事不堪回首。

回想小时候，您像母亲一样疼我，爱我，含辛茹苦地把我培养成人，盼望我能成为对国家对社会有用之人。您把您全部的爱心都给了我，您在我心目中的形象高于任何人。您用您瘦弱的身躯支撑着那面临绝境的家。您永远是我心目中最神圣、最伟大、最亲爱的姐姐，同时又是我心目中的妈妈。

姐姐我现在真的无脸再见您一面。做梦也没有想到，在开庭时还能看到姐姐们，听到姐姐们撕心裂肺的哭喊声。我的心都碎了。您知道这一面对我来说太难过了。没想到姐姐们还没有放弃我，还认我这个有罪的妹妹。

姐姐您知道小妹我有多想多想您们啊。看见姐姐们的那一瞬间是多么的短暂啊,我真盼望奇迹出现,能让时光停留在那一瞬间,能让我永远能看见姐姐们,和您们一起共享天伦之乐。

姐姐。悔恨我当初没有听姐姐的忠告,走上了犯罪的道路,成了千古罪人,辜负了姐姐对我的养育之恩。您恨我吧,姐姐,狠狠地骂我一顿吧!这样我这颗忏悔的心才能好受些。

亲爱的姐姐们,在一年前,我们分别后,我万万没有想到,今生今世再也见不到您们了。人生好比一场梦。它有时像海水一样色彩斑斓,像仙山琼阁一样无处寻觅,只有上天入地才能找到归宿。

姐姐做梦也没有想到天真活泼的小妹转眼之间转变成为令人憎恨的杀人魔鬼。说句心里话,我并不像人们所说的那样,惨无人道地杀人,食人心人肝,心甘情愿地去勾人杀人。

我被一群恶魔纠缠得无法脱身。致使我走到今天这种地步的原因,有许多因素。一个您是知道的,我的婚后生活不幸福,有许多难言之隐无处诉说。对于生活我失去了信心,已经心灰意冷,所以一时想不开,便离家而去。等到后悔的时候已经晚了,我已身陷泥潭不能自拔。事到如今,我只能恨自己,怪自己,恨我太软弱,太单纯,没有看到社会的黑暗面。怪就怪在我不懂法,轻信了坏人的谎言,上当受骗才走上了犯罪道路。

亲爱的姐姐,您们想都不敢想象,您们的小妹,在魔窖里被恶魔折磨得死去活来,他们用他们配制的药水,拿我做试验。喷在我的面部,把我弄昏了过去。之后强奸了我,又拍了许多我的裸体照。然后用铁链把我的手脚铐上,把我扔到他家的地窖里。

当时窖里装着死人的尸体,他要杀我,问我喜不喜欢他,我说不喜欢。他说好,我让你死得明白。我说,你要杀我就杀吧,反正我也不想活了。他听了反而放弃了杀我的念头。之后他给我吃了安眠药,又给我扯下一个床单,让我在死尸上睡了一觉。之后,他盖上窖盖,又用水缸压在窖盖上就走了。

不知过了多久,由于窖内缺氧,加上尸体腐烂的气味,我不知不觉醒了过来。醒来以后,求生的欲望迫使我,我不知什么力量的支撑,使我把窖盖推开,从鬼门关爬了出来。当时我满脸、满手、满脚都被铁链勒出了血。双手也爬得血淋淋的。简直是无法形容当时的惨状。爬出来后,我想喊又喊不出声,这时魔鬼又出现了。他发现我出来以后,大吃一惊,问我你是人还是鬼,是怎么爬上来的。这时我再也支撑不住便晕了过去。

不知过了多久,我才醒了过来。醒来之后,这个可恶的魔鬼对我说:"我非常佩服你的胆量,同时也非常欣赏你这个人,你是我遇见过所有的女人中,最让我佩服的女人。我现在不想杀你了,但你必须得入伙跟我们干。你在地窖里的时候,我们已经上你家了,把你家的情况调查得一清二楚。如果你不干去报案,我们就派人把你爱人和孩子一起骗过来杀掉,让你悔恨终生。"

再说公安局是抓不到他的,再说他有药品,到头来我和孩子还是逃不过他们的魔掌。就这样我答应了他们,希望他们不要加害于我的孩子。而后他们骗到一个人,杀了以后,让我下地窖去补刀。这以后我便和他们参与杀人抢劫。在勾人、杀人的过程中,我能放走的就放走,实在放不走的我也没有办法。

有一次,我趁他们不注意时,跑了出来。被他们抓住后一顿毒打,然后把我关在地窖里。我又推墙跑了出来。他们又再次抓住我,把我推在装有尸体的地窖里,对我进行精神上的折磨。

当时我在这群魔鬼面前只有恨,没有泪。复仇的火焰占据了我的脑海。这以后我就再也不敢贸然行事了。只有干一天算一天。为了家人和孩子能安生,我忍受了这巨大的痛苦,不敢向公安机关报案。就这样我彻底绝望了。请求他们实行他们许下的诺言,保证我亲人的生命安全。

在他们的胁迫下,我越陷越深,难以自拔,杀死了许多无辜的人。致使许多家庭失去丈夫、儿子、女儿、母亲的悲惨……我的心像刀绞一样难受。谁又知道此时此刻我的心在流血。

虽然我罪孽深重,但是让我感到欣慰的是,我使这场特大杀人抢劫案得到了终止。是小妹我主动揭发的,虽然我从前错了,但是我的内心此刻得到了一点宽慰。

亲爱的姐姐们,我在这人世间停留的日子不多了,有许多心里话要对姐姐们说,生活对于我来说已经暗淡无光了,我渴望平凡的生活,但生活先无情抛弃了我,并总是和我过不去。

从小我就失去了母亲,是苦命的姐姐把我培养成人,成家后又历经坎坷,尝尽生活的甜酸苦辣,如今又受到血与火的洗礼。我这颗破碎的心再也经不起任何打击,我的内心在流血,在呐喊,在无言地呐喊!呐喊上帝救救我吧,给我勇气,给我机会,让我把这些痛苦的烦恼统统丢进河里,埋在土里,不再想它。让我干干净净走向极乐世界。

姐姐,送给您真心的祝福,无论将来您在何处。

过去我们同甘又共苦,如今就要各奔前程,别后不如意无处诉,我们要写信互相倾诉,遇到困难不认输,要有宽宏的气度,受到了创伤绝对不能哭。将来会结束的。

亲爱的姐姐们,不要恨我,也不要因失去我而痛苦,我的确是罪有应得,如果我的死能让受害人家属解恨,我就死得无憾。

我到了天堂找爸爸妈妈,做一个孝敬听话的好孩子。不再任性,痛改前非,重新做人,来报答姐姐对我的养育之恩。

亲爱的姐姐,我不知道这封信您能不能收到,但我不灰心,我坚信,虽然我是害人精,但是我的经历会得到他人的同情,会把这封信送到亲爱的姐姐手中。好心人,总是会有的。借我手中的笔,祝福这位好心人,一生平安,万事如意。

亲爱的姐姐们,再见了。以前那种人不人、鬼不鬼的生活悲剧再也不会有了。

我曾经热爱生活,但生活却没有善待我,虽然我也知道生活岂能总是让人称心如意。我现在唯一的遗憾是,我再也不能和这个世界上爱我的人重聚了。

我这颗破碎的心,能让我在心底再对这人世间的亲人表达我最真心的祝福,亲爱的姐姐们,祝你们一生平安,幸福快乐。

      小妹 绝笔

  2020 年 11 月 19 日 第一稿
  2021 年 6 月 6 日 第二稿

《讷河往事》续

人的内心也许是一片海洋,而流出来的只是两滴泪。

已经很久没有这样的体验了。如同身临影院,当片尾音乐响起,演职员表自下而上缓缓出现在银幕上时,我还不能站起身来,久久地沉浸在故事情绪中。阅读《讷河往事》文后排山倒海般的读者留言,便又重拾了那一种感觉。

时光的河流里,粼粼泛起波澜,都是曾经的战友,都是艰难的往事。展现29年前的那段真实历史,就如同回到了那些故事发生的现场——回望当年,那不甚清晰的一切,在时空的隧道之中,逐渐袒露真相,如同大雪融化,大地又呈现它原初的样子。

这些警察主人公,他们不是英雄,不是书本和荧屏上的那些角色,他们只是平凡一员。他们的工作不得不直面悲剧。很多警察的正常生活一度戛然而止。他们或英年早逝,或身心受创,因为警察职业,他们几乎每天都在与黑暗对峙,有多少冲锋陷阵,就有多少催人泪下。

感恩节当天,窗外夜寒,讷河寻访小组重聚,大家笑意温和,多了几分对往事的释然。时隔大半年再见,大家都有点百感交集。

我们又见到了黄国华。他依然光头,依然长居深山。只是这些天来,从电话听筒不断传来的问候让他始料未及。黄国华说,他也一直在看网友的留言,说这几天自己的心,像泡在温开水里一般,始终暖洋洋的。

我们都想不到,一篇文章会激起这么大的社会反响。也许是这篇文章撬动了某个点,给很多个沉寂的内心撕开了一道口子。那些一度沉入心底的热流,自文章发布后汩汩涌出,全网阅读量以亿级攀升,那些未曾谋面的网友留言,每一句都源于心灵,发自肺腑。

在这些留言中,不少和此案有关的警察名字被提起,其中提到最多的是当年因此案立二等功的梁宝年。

梁宝年年轻时,眉宇之间的英气,和电影《英雄本色》里的张国荣有几分相像。

讷河案侦破那年,梁宝年28岁。在审问头号嫌犯贾汶戈的工作始终没有进展时,是他率先突破二号疑犯李川的口供。

黄国华回忆，在讷河案的前期审理中，徐骊交代的案情，让很多有办案经验的警察将信将疑，议论不休。但梁宝年从一开始就信任他，多年同事，梁宝年觉得黄国华审出来的线索，十有八九是确凿无疑的。

因而，在突审二号疑犯李川时，梁宝年趁势接上黄国华那边传递过来的审问细节，有张有弛，步步攻心。当梁宝年直接点到讷河杀人埋尸处时，李川不禁仰天长叹一声："一切都坏在这女人手里。"

接着，李川不得已交代了和几名同伙一起，在当地杀人抢劫埋尸的犯罪经过。关押在不同地点的两名嫌犯的交代却高度重叠。除了杀害的人数不完全统一，杀人的手段、目的以及埋尸的情节、地点都吻合，从而佐证了徐骊的交代不是天方夜谭。

自此，当地警方根据徐骊和李川的口供，抓获在齐齐哈尔讷河当地的同案犯，并起获两个地窖的41具尸骸，终于使讷河案大白于天下。

《讷河往事》发布后，众多的留言中，不少的文字是写给梁宝年的。

网友"南辕北辙"是我们真水无香公益平台曾经报道过的警察宣文东，他曾为追缉杀人凶手，跳下十米高楼，现任杭州市公安局反恐支队支队长。

他写道:"黄国华是我老师,梁宝年是我第一个师傅,想起了一段话:我经由光阴,经由山水,经由乡村和城市,同样我也经由别人,经由一切他者以及由之引生的思绪和梦想而走成了我。那路途中的一切,有些与我擦肩而过从此天各一方,有些便永久驻进我的心魂,雕琢我,塑造我,锤炼我,融入我而成为我。"

这样的留言,勾起的是青春记忆,是一大批同龄人难忘的峥嵘岁月。

梁宝年高中毕业后入伍,曾参加过对越自卫反击战。1985年,他从部队退伍后,分配到杭州市上城区公安分局涌金派出所。讷河案后,梁宝年调任至湖滨派出所担任副所长,分管刑侦工作。此后,他又历任小营派出所副所长、上城区公安分局禁毒科副科长,始终战斗在刑侦第一线。

让人敬佩又感到唏嘘的是,梁宝年所获立功嘉奖曾达17次。2002年4月,他因病去世,离开的时候还不到40岁。

唐泽文,他管梁宝年叫师傅,也是我当年在杭州市公安局工作时的同事。

《讷河往事》发布的第二天,很久没有联络的唐泽文,发来了他15年前追忆梁宝年时写过的博客文章。

唐泽文读警校时的毕业实习就在涌金派出所,巧的是，黄国华是他的警校老师，梁宝年是他的实习老师。当年的涌金派出所，就是讷河案被破获时，黄国华所在的派出所。涌金派出所是全市优秀派出所，也是警校生的指定实习基地之一，一批又一批的未来警官，就是从这里经过实战检验，走向维护城市治安的第一线。

唐泽文在博文中写：

> 黄、梁两位老师，可以说是一时瑜亮，黄国华主要办理治安案件，梁宝年则负责刑事案件。当年大家都管实习老师叫师傅，两位师傅给青年时期的我树立了矢志追赶的榜样。
>
> 黄老师身手矫健，在警校时是男神一般的存在。但他在派出所办案又性格沉稳，常年和女性犯罪嫌疑人打交道也心细如发。
>
> 梁宝年是派出所刑侦组组长，大家都叫他"梁探长"。
>
> 师傅梁宝年也是当兵出身，说起话来喉咙梆亮，笑起来隔几条马路都能听见。如果说黄老师是不动声色于无声处听惊雷，师傅就是风风火火自带广场舞喇叭功能，往往是人未到声音先到了。
>
> 跟梁探长跑案子是公认的脏活累活，历届实习生都知道。梁师傅素以严厉而不近人情著称。他几乎从不休息，在桌子上趴会儿能扛好几天。

那年夏天,师傅带我去抓一个流氓团伙老大。在黑老大家门口守候了整整一个月,影子也没见到一个。师傅也没辙,每天从一大早忙到后半夜,常常睡在派出所的乒乓球桌上,天热边上加个电风扇。那段时间,我们普遍睡眠严重不足。

其间,师傅要经常去敲门听虚实。他去前门敲门,往往让我在后门或窗口守着,叮嘱我"如果有人冲出来你就拷昏他",我一直手铐、电警棍不离身。

一天下午,师傅得到确切线报,团伙老大在双菱路情人家出现。我和几个实习生立即被他叫去一起抓人。走到门前,师傅侧过脑袋趴在门上听了会儿,用头向我歪了一下,悄悄说了句:"里面有女人,你长得老实,你来敲门。"

我上前敲门:"我是电力局的,查一下线路"。说完,我晃了一下手里工具袋。

猫眼洞里沉默了一会儿,保安门吧嗒一声打开了。

说时迟那时快,躲在楼梯拐角处的师傅忽地一下冲了出来,一把拉开保安门,撞开女人冲了进去。

等我冲进卧室,师傅和那老大早就滚打在了一起。那家伙被师傅压在床上动弹不得。两人眼睛死死盯着对方,气喘吁吁。

我掏出手铐准备上去铐他,师傅的脸侧过来大吼一声:"当心枕头底下!!!"这时,我看见那家伙的手正在往枕头下面摸什么东西,我扑上去一把抓住他的手,两人费了很大一番劲才把他的手反剪过来上了手铐。

临走,师傅把枕头一掀,床单上赫然露出一把军用刺刀,乌黑的血槽映衬着刀刃的寒光。

师傅掏出档案袋,把军刺刀塞进袋子里,叼着烟卷眯着眼睛看着我说:"小鬼,下次抓人反应要灵光一点,不然你小命没了,我是没办法跟你爸妈交代的。"

当青春和警察这份职业联系在一起,你的青春就不再仅仅属于你一个人。这些亲身经历让人如临其境,刑侦警察的日常,真的都是刀口上舔血的日子。

而这也勾起我对梁宝年的记忆,音容笑貌历历在目。和黄国华的温柔似水不同,梁宝年是一团热情的火。

那时,梁宝年所在的湖滨所是杭州最大的派出所,被称为杭州第一所,地处市中心,治安任务十分繁重。他也是杭州警察中和媒体最熟的,只要是能够公开的案件,对去到他所里的记者,他都是全力配合。可以说,他在很早之前就有了利用社会资源服务公安工作的意识。如果让当时杭城跑公安的记者们投票选举最受欢迎的警察,梁宝年一定位列前三名。

在我的记忆中,当年去湖滨派出所采访,几乎他次次都陪我一起。

《钱江晚报》政法记者柏建斌跑公安线时间长,跟梁宝年更是有着一层朋友的身份和情谊。

1998年,西湖六公园很有人气,夜游旅客和热闹的龙翔桥大排档,让这里的夜晚充满喧闹和活力。夜色下,一群群受人控制的女童,在夜色下做起"卖花姑娘",专门向游人和食客强行兜售鲜花,引起老百姓强烈不满。

为配合湖滨派出所长达数月的专项整治,《钱江晚报》做了一组西湖边"卖花姑娘"的跟踪报道,引起强烈的社会反响。

随着"卖花姑娘"的幕后操纵者一一落网,这些女童的去处成了派出所的新难题。

梁宝年是整治行动的负责人。他想方设法联系到这些孩子的家人,相继把她们送回老家。最后,剩下住安徽黄山附近的几个女童无人来接,于是他亲自送她们回家。《钱江晚报》的相关记者也随行。

正是这次"卖花姑娘"的系列报道,让柏建斌对梁宝年在办案上的事无巨细,有了近距离的观察与采访。

也是在去黄山的路上,柏建斌第一次听梁宝年讲起讷河案。

柏建斌回忆："那个年代,听到这么大一个案子,做公安记者还不到十年的我,一路上多次有灵魂出窍之感。同去的女记者,好几次都不敢听下去了。虽说我当时跑的公安线,大多是报道治安方面的事情,但其实一般凶杀案都没有什么机会采访。

"2002年4月21日,得到警察朋友电话,梁宝年突然离世了。

"这种突然,如同我当年听闻他讲述那个惊天大案一般灵魂出窍。当晚赶到他的家中,现场令人崩溃,一切竟然都是真的。

"详细算来,其实我们一起送卖花女童回安徽后不久,梁宝年身体便开始出现不适状况。

"然而,就在他去世几个月前的一个晚上,我还见到过梁宝年。

"那天晚上,采访完在湖滨附近消夜,打电话给梁宝年。得知他是从医院跑出来的。梁宝年解释说自己只是皮肤毛病,没什么事。的确,那天看到的他乐呵呵的,依旧大声说话,甚至还陪我喝了一杯啤酒。"

一直生气蓬勃,这也是柏建斌最后一次见到梁宝年的印象。朋友们谁都不知道,在这乐呵呵的笑容背后,是他掩饰着的承受病魔折磨的难受。那时候梁宝年年轻的生命,正一步一步向着死亡迈进,生命已经进入倒计时。

本着想要为过去的战友做点事情的初心,2018年浙江真水无香公益基金会成立。当时,我们不约而同地都想到了梁宝年,我们共同的朋友。

柏建斌作为基金会代表,前去探望梁宝年的妻子徐红。

徐红讲:"他走时,儿子只有9岁,他留给我们母子的记忆,也就停止在了那个时间。"

刚生病时,梁宝年挂嘴上的总是那句"皮肤有点病,没什么大不了的"。

只是,他不再乘公交车上班。"他脸上一块又一块红,常惹得公交车上的陌生人都朝他看。他觉得影响了别人。另外,皮肤病怕太阳照,又怕风吹。"

梁宝年一直很忙,临近12月,年终考核工作量特别大,他觉得身体有点撑不住,去了另一家医院做检查。这时,才发现原来他得的病是红斑狼疮,是一种危害性很大的破坏免疫系统的疾病。

第一次住院进行治疗后,有点儿好转。2002年2月,刚过春节,因为新成立的禁毒科人手少,他就着急要求出院上班了。出院后工作没多久,梁宝年实在扛不住,3月5日又进了医院。这次住院,第二天就进了ICU,病菌已经攻击肺部。4月21日,医治无效,梁宝年永远地离开了我们。

让亲人朋友捶胸顿足的是,他有机会被治愈,他不应该走得这么匆忙。但因为缺乏必要的重视和治疗,因为他不顾身体夜以继日工作,始终像一个上紧发条的机器,不幸还是发生了。

徐红说,分局对他们母子一直挺照顾,孩子读书前一直有一定的补贴,但与社会的巨大变化相比,补贴显得杯水车薪了——人的离去对家庭的影响实在太大了。

唐泽文回忆,他工作后也有几次碰见梁宝年,梁宝年总是感慨当警察千万别像他这样,连家里人也照顾不了。

当年唐泽文并不理解师傅这几句话的含意,但现在再去回想,也许那时,他已经感觉到力不从心了,那应该也是一种疲惫的创伤。

"想你,就是别人忘记了你,我和孩子永远都不会忘记你。"夹在《讷河往事》后长长的留言区里,徐红写下的这句话,让我非常难过。

如今讷河案终于公开了,同样会让大家记住的,除了黄国华,还有这名英年早逝的年轻警官梁宝年。那些温暖的留言,希望也同样给徐红母子些许精神慰藉。

而除了黄国华和梁宝年,不应被《讷河往事》遗忘的警察中,还有一位,我们甚至叫不出他的名字。

当年瘦小精干的刑侦大队警察钟庆,就是上文写到过去拍电报的人,他又跑外勤又要半夜参与侦查情况汇总记录,还要整理出次日各路侦查工作安排,破案后更要收集所有侦查员的工作笔记,撰写案件侦查总结,要比其他队员辛苦很多。

但是,恰恰经历了这些磨炼,逼迫他在侦查的路数方面不断学习、体会和提炼。如今依然战斗在刑侦一线的他,已经是威震业界的缉毒专家。

钟庆记得,当年讷河案侦破后的总结大会上,时任上城区公安分局局长的洪巨平提到了杭州市公安局刑侦处有这样一位警察。

据了解,湖滨一公园发生的麻醉抢劫案中,受害人谢某是个包工头,被抢的这笔钱是准备发工资的。

谢某被麻抢后,第二天清晨打了杭州市公安局报警电话。公安局报警电话设在市局刑侦处。当天值班的接警员是一名老警察,他接到报警后,要谢某到案发地辖区涌金派出所报案。

可能谢某当时尚未清醒,表达案情词不达意,另外,也可能是因为他被色情引诱,心中既怕公安机关追究,又怕家里人责怪,所以就没有去派出所报案。

即便如此,刑侦处接警员留下了他的报案电话记录和名字。

在杭州麻抢得手后,贾汶戈一行当晚就逃离杭州,准备到苏州游玩一下,次日回老家。就在苏州火车站候车时,被执勤警察发现破绽。当时徐骊上厕所,包由贾汶戈保管。执勤警察到候车室巡视,发现这个男人带着个女式拎包,感到怀疑就上前盘问。

苏州火车站警察搜查包内,发现有杭州灵隐寺、岳庙等处门票,并有其他人员身份证和麻醉药品,于是直接向杭州市公安局刑侦处挂长途电话,查询杭州近期是否发生过麻醉抢劫案。

杭州市刑侦处根据值班室报警电话记录,发觉谢某在湖滨一公园遭到麻抢的这起案件与苏州火车站查获的三个男女有相似关联。报案记录提到,谢某喝了女的提供的椰子汁后昏睡,钱物被抢,并反映说这女的个子很高。但联系涌金派出所却没有该案的报案记录。

这位老警察当时怀疑谢某没有报案。因为当年打电话不方便,这位老警察自己驾驶吉普车从杭州赶到萧山县公安局,在县局人口登记卡中,一个一个查找谢某的名字。找到谢某的人口登记卡,又按照卡片上留的家庭地址,费尽周折找到谢某的家,直至找到报案人谢某本人,并且带着他回到杭州报警。

同时,这位老警察再次联系苏州火车站派出所,要求继续扣押嫌疑对象,等候上城分局前去带人。

可以说,若没有刑侦处这个老警察的这番寻找,这三名嫌犯就不会移交给杭州警方,讷河案也不可能那么快水落石出。

现在想来,刑侦处这位老警察当时的举动还是令人十分感动。

也许在当时这位老警察看来,周末去找报案人,只是职责所在。但每个案件都离不开像他一样心细如发的警察。

后来,据齐齐哈尔警方介绍,在杭州抢劫了谢某之后,贾汶戈一伙应该是达到了抢劫钱财的预期目标。

贾汶戈一伙杀害的人太多,地窖已经填满了尸体,即便是北方的冬天,也开始有气味了。因为怕开春之后天气转暖,地窖发出恶臭,所以贾汶戈一伙带着徐骊到南方一带实施麻醉抢劫,目标是凑钱,凑够5万元就可以支付暂住房屋房租,同时购买水泥沙石填灌地窖以掩饰罪行。

如果贾汶戈回到东北,那真的就是放虎归山了,这个案件就有可能永远无法大白于天下。此案中参与任何一个细节的警察都功不可没,我们不应该忘记他们中的每一个人。

《讷河往事》发表后,钟庆难掩激动,他给我留言:我就是来看评论的。

我知道,他一定是想在这海量评论中搜索这位刑侦处老警察的身影。我相信,我们也一定能找到这位负责敬业的老警察的相关线索。

曾经看过一个记者的采访手记,他在采访中听交警讲述,那些快递小哥一旦遇到交通碰撞,摔倒在地的第一时间看的不是自己伤情如何,而是外卖。交警讲述的时候,流露的是满满的同理心,在严格执法的时候,也时时散发着人性的温暖。

在黄国华身上,我同样也能感受到这样的同理心。他一直想要告诉徐骊的家人、她最牵挂的儿子,想告诉他们,这个案件背后有很多大家所不了解的详实情况。在他看来,有一个杀人犯母亲,这个小孩在成长过程中,一定也会遭遇到很多跟别人不一样的心理困境和环境歧视。这个孩子的心理状态是他最关心的。这份同理心超越了职责范畴。

案件是有边界的,但是人的情绪是无边界的,也许是文中关于警察心底最深处的纠结,让这些留言的陌生人从中找到连接自己内心的桥梁。

无数的留言,这些共情和回响,也是曾经在我心中回响了整整一年的声音。一年多来,这个故事以及故事中所有的人物,他们的命运,他们的一言一行,在我的脑海中千转百回。在极致的犯罪刺激之后,留下的是一个个人的伤痛,是无尽地对犯罪的谴责,对人性复杂性的思索。

我们寻访的目的只有一个,真实地还原,温暖地还原。开始寻访的路是艰辛的,历史的案件已经足够残酷,而走入每个警察、每个家庭的内部,更有着无法言语的诸多艰辛。

这一路的采访,时间空间都太漫长太广阔了,还有人物及各方因素,太复杂太纠结,加上自己曾经的警察身份,好几次都想过放弃。也许是因为,在这些与犯罪恒久对峙的过程中,在与往事不断牵绊的过程中依然有很多问题无法像数字世界里的方程式一样,可以很准确地回答自己。

光阴已逝,画面也早已静止,但是生活仍然在继续。

黄国华依然带着父亲住在山中,每天的主要任务就是照顾老父亲的一日三餐,悉心有加。除此之外,从东北回来后,他每个早上又多了一个需要问候的人,就是徐骊的大姐徐叶。黄国华最爱唱的歌是《往事只能回味》,一去不复返的时光,留给他的,可并不只是回味。

黄国华依然每周剃头。他回答,因为28年和光头相伴,习惯了,倒是对长头发不适应了。黄国华的心结是不是真正地放下了?时间自会回答。

警察钟庆,始终战斗在刑侦第一线。他的工作从刑侦换到了禁毒,这是一个更为危险的战线。在紧张繁忙的工作间隙,一有时间,他就会买菜烧菜,给家人奉上一桌精心制作的晚餐。我想,或许这也是他对繁重工作的一种解压,是内心舒缓压抑的一条出路。

梁宝年儿子大学毕业后,一直执意在社区做一名默默无闻的禁毒社工。不知道是不是因为爸爸留给他最后的记忆就是在禁毒岗位上。这也许是另一种不为我们体会的思念。

远在北方的警察,也有着所有警察相似的境遇。第一次到达齐齐哈尔,当天晚上就接到当地一个刑警牺牲的消息。他在天津追捕一个网上逃犯时,跟着逃犯跳入河中,因为长途奔跑体力不支,不幸牺牲在冰冷的河水中。这个年纪只有29岁的刑警,留下只有5个月大的孩子。

讷河法医裕文君当年是刑场验尸负责人,他说,当年贾汶戈被枪毙后,尸体上共留有76个弹孔。已逾古稀的裕法医,几十年的案头之上,永远放着堆积如小山的医学专著。每个月沉重的医药费用,让他执着想要寻找尸毒究竟是种什么样的毒,尸毒中毒到底算不算是一种工伤。2020年12月1日,真水无香公益给裕法医办理了法医公益险,无法报销的那部分医疗费,总算有了着落。

毕业于人民公安大学的徐平,和我同一年分配进杭州市公安局,同坐一个办公室。如今他在杭州市看守所所长岗位上已经十多年。看完《讷河往事》,他也给我留了言。他说看到这文章里的影像,联想到了贾樟柯的电影,看后有同样的震撼和唏嘘。同时,想到自己有时和死刑犯谈话的情景。所里管理过许多死刑犯,有时工作要求找一些人谈话,谈话时尽量让自己更像"例行公事",但犯罪、无奈、善心、理解等因素交织在一起,会让人难免纠结。

在这些述说警察故事的文章里面,读者随时可以感知到无处不在的极度不适和内心纠葛。而这些警察得具备多强的心理素质,才不会被那些犯罪之下的暗黑人生拖入深渊。

或许在旁人眼中,对于梁宝年的妻儿而言,这个悲伤已经慢慢淡去。然而在徐红那里,伤痛从未减弱。她一边承受失去至爱的难过,一边要照顾不懂事的孩子,情感和经济的双重创伤日日在生活中重复,她无处可逃。在这个节奏飞快的社会,有谁会静下心来倾听一个警察遗孀的心声?

生命的美丽,离不开她的脆弱。在时代与命运的巨网中,每个警察都是普通的个体,他们代表着法律的威严、社会的公平与正义,同时也被圈在职业带来的各种极端境遇中,也难免产生无法调节的情绪,他们需要一个出口和入口。他们需要去倾听疼痛,去接受失去,去体会后悔,需要接受和消化这些情绪,甚至是常人难以想象的艰难情绪。这些留言于他们而言,或许是一场巨大的疗愈。

我始终认为,任何一个时代留给后人的,都不仅仅是技术创新,还需要记录下人的冷暖、人性本身的精神气质。

感恩这个时代,让一切都有了可能。作为一名曾经的公安记者,亲历着所有的人和事,除了感动,我们还应该记住什么?也许这是一个没有尽头的问题。

不认命就是这位刑警的命

2019年8月21日,英国纽卡斯尔市。

我的眼前是一池碧波,并排站立的是不同肤色的竞争选手。我深呼一口气,全神贯注,安静等待100米蛙泳比赛开始的号令声响。

我飞越千山万水,站在异国的土地上,只想在我的人生中再拼几块奖牌,完成自己对命运的又一次挑战。

年少时,我便是"浪里白条"

我叫鲁金祥,这是我第六次代表祖国参加世界移植运动会(World Transplant Games)。在前五次世界移运会上,我已赢得14枚奖牌。

此次大赛上,我依然不负众望,获得了一银一铜的好成绩。

参加世界移运会的理由很简单,我希望用这种方式告诉所有关心帮助过我的人:我活得很好,我要让他们为我骄傲。

18年了,如果没有这世界上那么多的爱,我的坟头或许早已长满野花和杂草了。我从未想到,我还能看到宝贝女儿成家立业;更没想到,我可以用一种特殊的方式,展现一个刑警的本色。

过往,如同前生的事,被隔离在并不遥远的时光背后……

从小到大,我一直是个要强的人,更是一个不服输的人。年少时,我酷爱游泳,夏天总在老护城河里和小伙伴们嬉戏比赛,从小练就了一身"浪里白条"的本领。小学生运动会我就是少年组冠军,虽然没有专业老师指点,可凭着悟性,我游泳的速度比少体校的专业学生都快。当知青的日子,游泳依然是我最喜爱的运动。冬天,我洗冷水澡,练习冬泳,练就了一个强壮的体魄。

返城后,我穿上了警服,分到了公安局刑警队当了一名侦查员。虽然侦查破案很紧张,但每年公安局组织的横渡钱塘江比赛,我的成绩总是名列前茅。

游泳,强壮了我的体魄,更磨炼了我坚韧不拔的意志。那时候的我,意气风发,准备在公安侦查战线干出一番事业。

做刑警,是我挥不去的情结

当时,我参与杭州市所有命案的侦破工作。尽管那时没有便利的交通工具和先进的通信设备;马路上也没有监控探头,没有计算机和大数据。但我们有的是维护社会公平正义的决心和服务百姓的极大热情。

1979年,北高峰上发现一具女尸,现场物证只有一个茶杯、一块手帕和一张上海钟厂的生产报表纸。

围绕这三件重要物证,我们专程去上海做工作。把发案前两天在杭州所有饭店住过的上海人的信息找了出来,大约有上万人呢,工作量相当大。我们不分白天黑夜,连续奋战,终于发现了嫌疑人踪迹,为破案提供了强有力的支持。

记得1981年在侦破曲院风荷池塘女尸案时,我们确定出犯罪嫌疑人的老家是在宁波附近。我们连夜坐火车、换乘长途汽车赶到宁波乡下,全靠两条腿,走村串户地走访调查,每天步行几十里路是家常便饭。后来,我们干脆把自行车托运到了宁波。单车代替步行,极大地提高了工作效率。

最终,我们从嫌疑人在宁波的关系人那里获得了重要线索。案件顺利侦破,杀人凶手受到法律制裁。

当时,我还参与过新中国成立以来杭州的第一起杀人分尸案,也就是当时在坊间传得沸沸扬扬的"豆腐西施案"。死者是杭州菜场卖豆腐的女营业员,因为相貌出众而远近闻名。

1977年4月6日,在中河边上发现一段人体躯干。为了找出捆扎尸块的油纸和绳索,我们分几路去上海排查,把有可能接触到的相关单位人员一一排查清楚。

经过一年调查,发现了一个嫌疑人,所有的嫌疑都指向他,但还是因为关键证据不足,最终被释放。据我所知,这个案件至今还是一个悬案。当年要是有现在的DNA检测就好了。

1982年,局领导指派我组建警犬训练基地。警犬基地从无到有,花费了我很大心血。我人生中很多的重大事情都是发生在那里。我是在警犬基地结的婚,我们的新房就在办公楼二楼的一角。不到十个平方,加上几床鲜艳的织锦被子,我和妻子妙仙的家就这样诞生了。

我的女儿也出生在这里,每天和我训导的小黑——一条德国牧羊犬混在一起。那时候还没有很正规的警犬队伍规模。我们上班和下班都在那里。

有时驯完小黑洗漱完毕,我回二楼的家,小黑也会跟进来。女儿就会摸摸小黑的毛,搂着它一起玩耍。小黑很聪明,没有我的指令,从来不会扑咬人。

有一次，一个电影剧组需要一条警犬演员，因为小黑的服从性最好，于是就光荣地上了一次银幕。现在想来，在警犬基地的日子，是我人生中最快乐的时光，也是和妻女相聚最多的岁月。

除了训练，我可以看着小女一天天长大，见证她第一次走路，她会甜甜地叫爸爸。我还记得，也只有在警犬基地那些年，才能赶上给女儿过生日，此后，再也没有给女儿过过生日。

对我而言，人生的重大转折点也发生在那里。警犬有夜训科目，一是为了提高警犬夜间搜索的能力，同时也是训练和增强警犬的体力。

一天晚上，我和一位同事各骑一辆自行车带着警犬训练时，对面方向一辆大车驶来。远光灯照得我眼睛一阵花，自行车撞在路边的一块大石头上，脸部严重挫伤，牙齿撞碎好多颗。

事情发生后，我不适合再待在警犬基地，因为带领警犬需要很强的体力才能维持大运动量。我选择去了一大队，也就是现在的重案大队——我依然喜欢当一名侦查员。

当厄运降临

我感觉自己忽然成了废人。

我丝毫不怪让我摔得严重受伤的小黑,只是离开它我觉得很难过,毕竟是我从小看着长大的又一个孩子。

因为这次事故,需要不停地修补我的牙齿。但办案又需要常常出差,所以我不知道经历了多少私人小诊所和外地牙科诊所。

1986年,我升任一队副队长,原本健壮的身体时常会觉得疲惫不堪,在妻子的催促下我去医院检查,结果发现染上了乙肝。我问医生原因,医生说的几个常规原因我一个都排不上。我家里一直没有乙肝遗传病史,也没输过血。那么原因只有一个,在一次次补牙的过程中,消毒不到位的器具让我传染到了这疾病。

对我来说,那是段灰色的记忆,但我没有想到,接踵而来的打击,一夜之间让我坠入冰河……

当时病情不是很严重,医生说只要休息好,注意饮食,不要喝酒,吃点药慢慢可以恢复。可对我这样性格的人来说,忙起工作来就忘记了休息,何况刑侦工作本身就是加班加点、走南闯北、风餐露宿,饮食很难有规律。

这样又经过了几年,我去医院再检查,肝脏情况已经发展得非常严重。

那个时候,金楼饭店的双人被杀案侦办到了紧要关头,我和战友们一路循踪追到景德镇,发现了嫌疑人的重大线索。此时撤退无论如何都是不甘心的,也是不可能的。

那次出差一待就是几个月,最终,两个杀人凶手缉拿归案。我也因为在那起案件中的突出表现,被评上了杭州市公安局第一届"十大破案能手"。

这荣誉是作为一个刑警获得的最理想的肯定,可我的健康也到了从未有过的困境。我时常呕吐,浑身无力,走路都会轻飘飘的。我心里已经预感到了不妙。

我去医院复检,医生却不愿拿出检查结果,只说要进一步确诊,还让我把家属叫去。这所有的信息都指向一个最糟糕的结局。我心已明了,也不愿再做最后的检查。

我昏昏沉沉地回到家里。刚上小学一年级的女儿晓倩从学校回来,看到老爸那么难得早回家,兴奋地围着我叽叽喳喳说个不停。

忽然间,我的眼泪唰地就下来了。我这么可爱的女儿,人生之路才刚开始,可我就快看不到了。看不到她长成亭亭玉立的大姑娘,看不到她会嫁给什么样的男人,也看不到她成为幸福的母亲。我永远都不能让女儿以我为荣了。

当时，医生给我的诊断是肝硬化，且已经出现腹水。单位领导为了照顾我，将我调出大案队，到了一个相对轻松的部门工作。

此后几年，我进出医院十几次，累积住院天数超过了1800多天，相当于整整五年是在病床上度过的。

经历生与死的精神折磨，我感觉自己忽然成了废人，成了需要大家照顾、什么都不能干的废人。

从一个事业正在起步的刑侦大队长，到连走路都站立不稳的病人，我的内心实在难以接受这样的落差。很多次，我几乎丧失了生活的勇气，不仅是身体的病痛折磨，更是精神上巨大的挫败感，是心里像滴血一样的愧疚。

那些年里，我看得最多的就是天花板。天花板上有几条裂缝几个污点我了如指掌。其实，我看的不是天花板，而是岁月中的历历往事……

整整十年，我挣扎在死亡线上，其间大半时间就是抢救、住院，接受各种针剂和药物的治疗，与恶心、呕吐和虚弱时刻相伴。整整十年，我丧失了一个男人的所有尊严，苟延残喘，度日如年。

我与人的交往几乎为零，没有与外界的沟通和交际。与生活的连接也几乎都停顿了，我感到，生命中的寂静不是最可怕的，最可怕的是被人遗忘的恐惧，可我无能为力。

厄运连连,不堪回首的大年夜

想想走过的大半生,我亏欠的人太多了。最对不起的是我的父亲。家里五个儿女我是最不孝顺的。

母亲走得早,根本没留给我尽孝的机会。父亲一直最疼爱我,因为他是个老兵,所以对当警察的儿子青睐有加。

刚开始生病时,父亲怕我想不开,防备着我自杀,特地将我接到他家,叫我的哥哥弟弟天天陪我打扑克,找各种开心的事分散我的注意力。可祸不单行,父亲不久也被查出了食道癌。作为一个儿子,在父亲生病期间没有送过一次饭,没有陪过一次夜,而自己不光挣扎在死亡线上,还要别的家人分出精力照顾自己,内心的痛苦无人可说。

1998年除夕,妻子把我和父亲分别从医院接到家,说是父子俩以及兄弟姐妹们都好久没聚了,春节家人们团聚一下。

那天,妙仙炖了整整一天的牛肉汤,直到牛肉烂熟汤色乳白。这是给我父亲做的,他老人家已经吃不下任何东西。等汤热腾腾地盛上来,父亲努力着喝了很多口,他说这是他吃到的最美味的牛肉汤。

父亲在我家里,没坐多久就体力不支倒在床上,可他硬挺着身体想要起床,不顾我们劝阻要回医院。后来,我才想明白,父亲一定是预感自己不妙,不愿就此死在我们的床上,怕把厄运传给我们。

那个除夕,父亲回去后再没醒来,两天之后就与世长辞。

从此之后,我再也闻不了牛肉汤的香味,因为这让我想起那个大年夜,那个不堪回首的生离死别之夜。

我不断地亏欠着女儿,可女儿却给了我最励志的安慰

我欠女儿一个父亲的关怀,欠她一个阳光的童年、少年。

晓倩的童年是怎样度过的,也只有到了我生病住院的那段时间,我才有时间好好来反省。

童年时,我们很少带她去电影院、游乐场和小公园。我们一家很少在小餐馆里幸福地吃饭。我也从来不过问她内心是否快乐,可有忧虑。其实,她的童年、少年期间的大部分忧虑,都是我的病情加给她的。我只能一遍遍地告诉她,爸爸生病没办法,将来的一切只能靠你自

己了。

我很少买礼物给她,更不用说能带她一起照个相。仅有的几张合影也是胶卷快过期了,叫上她匆匆去西湖边照上几张。

女儿三年级时,我要在家里挂盐水,做护士的弟媳过来帮忙扎针,但她家离得远,每天过来也是一个不小的麻烦。女儿就主动要求帮我扎。

第一次,女儿摸不准我的静脉,总是扎偏,手腕处有一点点的血窟窿。我说没关系,继续来。接下来,女儿慢慢开始熟练了。小孩子的手特别灵敏,她跟我说,皮肤下一跳一跳的就是血管了吧?

就这样,以后的日子里,十岁女儿成了我的扎针护士。

记得有一天,女儿照样在给我扎针,忽然她很认真地看着我说:"爸爸,你一定要坚持住啊。我想好了,我长大一定要当个医生,我一定可以救你的命。"

那一刻,我什么话也说不出来,作为一个终年躺在病床上的父亲,对一个这样懂事的孩子,内心有说不出的抱歉和感动。

晓倩上初中后,一天清晨,我在家中昏迷了,是女儿拨打了120急救电话,又跑去巷口把救护车引到家门口。整整过了36个小时我才醒来,如果不是妻子女儿及医护人员的全力配合抢救,也许那时候我就走掉了。

在她的整个少女时代,我留给女儿的就是这样一次又一次惊恐莫名的场景。

后来,我又住进了医院,就几乎没有出来过。

妻子曾对女儿说:"从现在开始,妈妈的精力和财力只能照顾爸爸一个了,所有一切都要靠你自己了。家里没有能力给你上补习班,妈妈也没精力管你一日三餐。"妙仙托人从食品公司批发了两大箱方便面放家里,让女儿饿的时候吃。

每次看到我懂事的女儿,就觉得老天还是厚待我的,给我关闭了一扇窗户的同时,又为我打开了另外一扇门,她是我此生最大的杰作,最大的希望。

女儿初中在上城区一所普通中学,但她很争气,以全校第一名成绩保送杭二中。高考时又以 665 分考入浙大医学院。后面申研读博,选取的专业就是移植病学专业。博士期间,她被导师推荐去哈佛医学院进修。

妻子日益黯淡疲惫,但坚持每天为我祈福

我欠妻子妙仙的更多,是我这辈子还也还不清的。

年轻时的妙仙就是一个勤劳爱美的女子。她爱拍照、爱绣花,她练习扬琴学唱戏剧,最主要,她还是一个人

见人爱的美女。她享受各种平常生活的快乐,浑身充满温暖的烟火气。

我从第一眼见到她就忘不了她。我愿意用自己的余生来让她幸福,我那时就是这样想的。然而,对妙仙来说,这辈子算是吃尽了苦头。一个女人永远奔波在路上,为了我的病。

杭州的大街小巷,妙仙是最熟悉不过了。

每天一大早,她就要骑着自行车从我们在古荡的家把女儿送到大关小学,接着去天水桥上班。下午三点,把单位营业款送到羊坝头的中国工商银行,再返回大关接女儿。之后,带着女儿从大关骑到文三路菜场买菜,再回到古荡家。这几个地点,分别在杭城的东西南北中,每天她的路程,相当于要绕杭州城一圈。晚上,她还要学习电大课程。

我住院之后,她的这个圈子绕得更大了。晚上陪夜,白天上班。下了班以后,再去丈母娘家拿上做给我的病号饭,送到医院来。

城市一天天在改变。小巷变大街了,平房变大厦了,沿街的老人走了,沿街的孩子大了,只有妙仙的脚步不曾停顿,她真的没法停顿。她的路线没有分毫偏差,因为她的每分每秒中,都牵连着身后的每个亲人。她不能停顿,就像穿上了红舞鞋。所不同的是,她追求的不是自己钟爱的事业,而是肩负着一个家庭的责任。

在这样苦难的日子中,妙仙还会坚持千方百计去很远的普陀岛。

她徒步爬山到佛顶山上的慧济寺,向方丈求来象征吉祥的黄帕子,然后把这些黄帕子给她周边的朋友们。

后来,登山求帕,成了妙仙生活中必不可少的内容。

十年的磨难,让她日益憔悴,皮肤暗淡精神疲惫。虽然她始终是坚忍和乐观的,用自己羸弱的身体对抗着残酷的命运,全力支撑着我们这个风雨飘摇的小家。

我不值得妻子对我这样。

手术前夜,我不确定能否从手术台上安全地走下来。千般滋味,无法言表。或许这是我们夫妻最后的一次交流。我握着妙仙的手说,如果我真的去了,你以后还是要找一个好男人,只要他身体好,对我们的晓情好。

后来,妙仙总是笑话那晚我说的那句话。但那句话,是真的发自我的内心的。女人身上最可惜的不是年华逝去,而是天性里的柔情和希望被辜负。她跟我没过几天好日子,我愧对这样一个美好的女子。

然而对妙仙来说,她并不这样认为。

夫妻恩爱,首先是恩在前,有缘在一起,都要有一颗感恩的心。有恩、感恩,才有爱情。

这十年间,我和妙仙仿佛正在成为某种意义上真正的朋友，生活这样琐碎严酷，但又这样平常自然。我们在一起的每一天都在坚持，一直坚持到这场生死之战的最终胜利。

患难与共的老战友，为我撑起一片晴空

我永远忘不了曾经并肩作战的同事们。

为了凑齐高昂的手术费，我身边的战友们一次又一次地为我捐款，一次又一次地献出自己的爱心。

2000年，我的生命进入倒计时。当时是金华刑侦支队队长的黄宝坤和当时金华市公安局副局长施欣辉，他俩是我南京驯犬学习班（1984级）的同学。每次我去金华办案，他们总是全力配合。听到我身患重病的消息，他俩特地从金华赶到杭州来看望我，还送来1000元钱。

他们说，你一定会好起来的，养好了身体，再到我们金华来玩。当时我听了这个话就当是告别赠言了。

李卫平、邵晓锋是我同队的同事，他们看到我家陷入困境后，一次次地为我在各个层面发起募捐。

邵晓锋个人为我捐款上万元。要知道，那个时候他们一个月工资才1000多块。看到我在医院孤独无聊，他去买了当时最时尚的walkman来，让我在病床上可以听音乐和新闻。就是这个当时很贵重的小机器，伴我度过

了医院无数个孤寂的日夜。

后来,邵晓锋还送来一个观音玉佩,让我带在身边,说一定会给我带来好运,保佑我平安渡过难关。

二十年过去了,妙仙至今还珍藏着那块玉佩。

当时帮助我的朋友和同事还有许多,虽然我生病期间已经很久没有和他们接触了,但只要知道我有什么困难,他们都会默默向我伸出援手。

一次,一位支队领导在医院碰到妙仙,见她很晚才送饭来给我,第二天就派了一个护工到医院帮忙做陪护。那段时间,妙仙可以松一口气,女儿在家也能够吃上妈妈做的热饭了。

我还要特别感谢我的同事贤胜。

我们是一起下乡,一起回城的,同一天进的公安局,分在同一个刑侦处,同住在一间寝室,就连谈对象的时间也差不多。成家后两家人还经常走动。算算到今年,我们已经有四十多年的友情了。

当听到我对移植肝手术一度丧失勇气时,贤胜为我做了很多说服工作。他去联系专家,找到最好的肝移植专家咨询。随后,又找到卫生局,跑劳动局,努力为我争取到17万的手术专款经费。

后来,听说手术费还差一部分,贤胜又找到当时的公安局局长盛继芳。盛局长听到这个情况后,毫不犹豫地表态:只要有一线希望,一定要救。

于是,刑侦支队在杭州市局开展了募捐。当时,局里很多同事,有熟悉的,有陌生的,都积极为我捐款。还有不少同事,家里长辈听到我患病的情况,也主动要为我捐钱。

手术前一晚,病房已熄灯了,贤胜仍不放心我的精神状态,特地赶到医院来,为我打气鼓劲。做兄弟做到这份儿上,已经足够了。

那一晚,我真的感觉是我们弟兄在世的最后一面。不过我的心也坦荡了。有贤胜在,我的老婆、女儿不用担心了。不需要我特地托付。

沉重的经济压力,再一次把我逼到了绝境

2001年3月5日,对我来说,是一个终生难忘的日子。

或许是我身上真的承载了太多人的大爱,老天也被感动了,对我这样的绝症患者网开一面。在历经将近10个小时的漫长手术之后,一切都是超乎预期的顺利和完美。

当我从手术中醒来,看见妻子、女儿的笑脸,我意识到自己还在人间,这真是让我欣喜若狂,让我有种重回人

间之感。

在同一天,女儿因为成绩优秀,被保送我们杭州最好的高中——杭州第二中学。

或许从这一天开始,所有加在我一家人身上的苦难也走到了尽头,我的命运也要开始起死回生了。

术后,我恢复得非常好,一周就能下床走路,两个月后就出院了。

换肝手术成功之后,我非常注重自己的身体状况。不抽烟,不喝酒,每天吃简单、新鲜的食物,注重休息。

但换肝成功后的惊喜很快被一轮新的磨难碾压。

排异药越吃越多,一度每天要吃14颗,每粒药35块钱,每天的医药费800多块钱。我一个月的工资还不足以支付两天的药钱。这样的消费不是我们这个家庭承担得起的。

而家里除了当时局里分的一套住房,再没有别的东西可以变卖。在这种情况下,妙仙又向局里财务科借了8万元钱。

那时候春天已经来了,天地的峰回路转远胜人间渺茫的生死无期。

我不仅要忍耐疾病,还要忍耐不时来袭的阴暗感觉。每天脑子里转着那欠下的钱,而这样每天的消耗又是一个无底洞。本来不换肝,我的生命到此为止,虽然亲人们会难过，但最终也是一种解脱。现在倒成了一个永远都难解套的难题。

因为药物的缘故，我陷入间断性情绪低落周期，一度抑郁。情绪升起时像一头野兽，与它对峙需要格外小心，每一次来袭都会让人感受软弱。我的精神又一次走向崩溃。

我决定结束自己的生命，那些天一直想的就是怎么样死。跳楼、服药、割腕还是开煤气，我在寻找一个合适的机会。每天妻女走后，我一个人待在家里想得最多的就是这些。

那些日子里，妙仙就像一只旋转的陀螺，每天起早准备早餐，然后叫女儿起床；洗漱完毕，吃完早餐，关照我有关事项，然后送女儿出门。每次听到熟悉的关门声，我知道，她们走了，带走了所有的生气，留给我一屋子空荡荡的寂静。

春天的雨水总是特别多，有雨的早上，妙仙总会起得更早，怕堵车母女俩要提早出门。

记得有一天，雨下得特别大，"砰"的关门声又响起，我站在楼上朝下望，看到母女俩相拥的身影站在路边，看到母亲总是尽量用伞遮住女儿，自己肩膀一边的衣服被淋成深色。

我站在窗内看着，大雨模糊了我的视线。雨中哆嗦相依的两个身影，一个是我正在老去的妻子，一个是我还未成年的女儿。

假如我去死，想象着母女回家后，看到倒在地上的我，会是怎样的心痛和无助，这样的画面会在她们心里留下怎样的阴影，我顿时心如刀绞。

我不能这样自私地走，生活好不容易有了新的希望，我怎忍心再在她们的伤口上撒一把盐！

我在困境之中看到了希望之光

老祖宗说否极泰来，从困境到绝境，转机无疑会出现，而希望也总是在前方。

我窘迫的情况很快被单位的同事们发现了。记得那天早上，支队政委钱国民带着支队财务科人员来到我家。他当着我的面，把妙仙写下的那张 8 万元欠条撕碎了。

他说，你的命是全局上下一起救回来的，也是浙一医院所有医护人员救回来的。钱的事总好解决，有困难大家一起想办法。命是最最宝贵的，你要为大家多保重。

我真的不知道该怎么回报这么多的爱。很多时候，这些爱和期待积累在我的身上，我觉得自己快喘不过气来了。因为，我只剩病体一副，我想这辈子我都无法回报曾给予我关爱和付出的亲人和朋友们。

生命力逐渐恢复,我心里唯一的想法,就是用自己的方式,去感恩,去回报社会。

那段时间,在家陪伴我最多的就是电视机。

一次偶然的机会,我在中央台看到一位刚参加完世界移植运动会回来的"移友",在电视上讲述自己的经历。

看完这个节目,我惊呆了。没想到器官移植患者可以活得这么充实而健康,而且还可以为国家赢得一份荣誉。我擅长游泳,我完全可以参加这样的运动会。

我让妙仙想尽办法帮我找到新闻中的移友。后来通过多方打听,我找到了这个叫赵芳的山东老师。现在,我还保留着她回给我的第一封信。

我让她帮我打听一下现在世界上100米自由泳和蛙泳比赛前三名的成绩。成绩果然发过来了。一看,我曾经最好时候的成绩比第一名少了0.01秒。这下,我的自信心油然而生。

一个新的人生目标就这样在心中确立,一股新的勇气和力量在体内生成。

当时,正遇上支队政委又来我家慰问。我跟他说:"像这样的运动会我也可以去拿冠军。"政委一惊,以为是我的药物后遗症还没过去,讲的是大话。

不认命,我终于登上世界冠军领奖台

我开始制订周密的训练计划,循序渐进,环环相扣,忽然感觉以前办大案时的兴奋感又回来了。

按照计划,2002年下半年我开始登山训练,以逐渐恢复我常年卧床萎缩的肌体。

我家就在吴山旁,术后第一次登山,我用了一个多小时。走几步,就在台阶上坐5分钟。长久关在家里不见阳光,加上心情郁闷,我的身体虚弱之极。而如今,我只要七八分钟就能到山顶。

开始,我还是很小心的,出门运动总会带上手机,以防万一。医生和家人都不赞同,怕我体力透支或者感染。可我就是想试一试,那些运动会上活十年、二十年的移友们激励着我。从小到大,对游泳运动的热爱及好胜心也在激励着我。

2003年夏天,我开始冷水洗澡,以逐渐适应水温。年轻时,冬天洗冷水澡一直是我磨炼自己意志的一种方式。我不怕苦,就怕自己的身体不争气。

2003年8月,我正式下到泳池开始游泳训练。

第一次下水,游了50米花了十多分钟。游完后,我马上去医院做了检查,一切正常,这让我放了心。

此后的两个月中,我慢慢地增加距离、提高速度,很快就可以游到600米了。三四个月后,我已经能游七八百米了。

2004年6月,我国第一届器官移植受者运动会在武汉召开,我代表浙江队参加了50米蛙泳和50米自由泳比赛,获得一金一银的好成绩,这让我心中的目标更坚定了。

2005年,我远赴加拿大参加世界移植受者运动会,这也是我人生第一次跨出国门。我代表中国一举拿下了两块铜牌,打破了我国在这类运动会上零奖牌的纪录。

这次的比赛经历让我相信:未来,游泳这个赛场,完全可以成为我证明自己的新的人生舞台。

2007年,在泰国举办的移运会上,我获得了两块金牌,这也是我国这类运动员在世界大赛上的首枚金牌。

此后,游泳成了我一个日常的锻炼方式,我也不断在各种国际比赛中摘金夺银,为中国的移植受者争得荣誉。同时,也向世界证明我国医学在移植医疗科学领域的领先技术。

2010年,我代表浙江省公安厅参加浙江省行业系统运动会游泳比赛,跟正常人同场竞技,取得了一块金牌和一块铜牌。为此,省公安厅还授予我三等功一次。真的没想到,离开刑侦战线,我还能在我的人生中继续建功立业。

2012年6月,第五届中国移植受者运动会在杭州举行。来自29个省市和香港特区的1001名运动员报名参赛。这是迄今为止国内参赛人数最多、规模最大的一届移植运动会。经过激烈比赛,我获得了游泳比赛的三枚金牌。

让温暖照亮更多的角落

在这次运动会上,一位厦门病友激动地给我献了花。

当年,她肝硬化病情很严重,但又对换肝手术充满恐惧。我知道了这事后,就用一个亲历者的感受,鼓励她建立信心,并充分交流了在治疗和康复中遇到的亲身体会。

如今,她做完换肝手术后一直生活得很好,为此,她来杭州参加运动会,特地送给我一束花。

我常想,如果当时我身边有这么一个接受过移植的朋友,我可能心理和情绪上也就不会走许多弯路了。

对大部分肝友而言,术前都是没有把握的,都会担心和紧张,术后又该注意什么,更是一无所知。这时若有一个人能够耐心地告诉他们,分担一下他们的焦虑情绪,给予正确的指导,情况会大不相同。

作为一个曾在生死边缘行走的人,我想用自己的亲身经历,尽最大努力去帮助那些焦虑、绝望的病友。这样做,我等于找到了另一种回报社会的方式。

对我来说,做志愿者看似是我在帮助别人,其实也是一个自我管理和调整的过程。

从2007年开始,我每周两次到浙一医院肝移植病房去做志愿者,每次工作半天,一直坚持到现在。

每次从各种比赛中归来,我都会特地带着奖牌去病房,给那些等着做移植,以及刚做完移植的肝友们报喜,让他们亲眼看看一个做过器官移植的人,也能生活得精彩和充实。

后来我发现,做这样的志愿者,一个人的能力是有限的,应该动员更多的人加入进来。于是,我想到组成一个圈子,用大家的智慧和力量给到更多肝友们以精神上的援助和抚慰,让大家在相互交流中,传递和了解更新的医疗消息和有效的养生经验。

我把这些"同病相怜"的人们组成一个朋友圈,于是就有了现在的"肝友会"。这个圈子最早只有杭州的几十个人,慢慢地扩大到了全省的几百个人。现在,我们这个肝友会有两千多人,分别是全国各地做过肝移植手术的病友。

大家在一起交流很开心的,只要有机会,我们就经常聚在一起搞活动。因为相同的特殊人生经历,让大家都特别热爱生活、珍惜生活。每一天我们都在感恩,因为每天的太阳对我们都是珍贵的。

2016年,我女儿结婚了,我们特地选择了3月5日这个日子,因为,这是我的重生之日,也是我们全家的幸运之日。前来贺喜的嘉宾中,有老同事、老战友,还有一半是来自全国各地的肝友,整整坐满了九桌。不过我事先都说好的,一律不准送礼。

女儿找到了属于她的幸福,这让我的心得到了巨大安慰。

我不仅看到了女儿读完大学、读博士的过程,还见证了她成家立业,开始崭新生活的过程。命运在给我那么多磨难和考验后,还是回馈给我了一份生命的厚礼。

生命的回归,让我继续传递更多的爱。我有责任和义务让所有帮助过我的人们看到,我依然充满信心地活着,正在用自己的方式为社会继续做贡献。

在人生的另一个跑道上,我还是我,永远不愿服输的我。那个不认命去战胜命运、战胜自我的中国刑警。

因为,我的存在就是一部大爱交响乐。

鲁金祥曾是杭州市公安局重案大队第一任队长,与我也是多年朋友。2000年3月4日,我随贤胜局长去看望次日要进行换肝手术的老鲁。

那个晚上,医院病房万籁俱寂,老鲁的脸色也像夜色般黑沉。他握着我们的手真的就是在做最后诀别。实在想不到时隔19年,我们可以用公益的方式再次帮到他。那天去他家采访,正遇最强台风利奇马袭杭。室外暴雨如注,室内的回忆也如开闸的洪水,止也止不住。好在一切的苦难都已风平浪静,一切的恩情也都在源源不断地反哺。再次重温这篇稿子,也越来越相信,面对困境,甚至绝境,爱都会做出最好的安排。

他曾在厄运面前差点低头认输,一度想到过自杀,但亲人和朋友们给予的始终是满满的爱和坚持,这让他看到了希望之光。当他在阴影中不能自拔,转过身,阳光就洒了下来,他终以一个"换肝人"的身份登上世界游泳冠军的领奖台。

鲁金祥参加过六届世界移植器官受者运动会,共获得奖牌16块:

2005年,加拿大第15届世界移运会,2枚铜牌;

2007年,泰国第16届世界移运会,2枚金牌;

2009年,澳大利亚第17届世界移运会,1枚银牌,3枚铜牌;

2011年,瑞典第18届世界移运会,2枚金牌,1枚银牌;

2017年,西班牙第21届世界移运会,3枚银牌;

2019年,英国第22届世界移运会,1枚银牌,1枚铜牌。

始于1978年的世界移植受者运动会,每两年举办一届,是专门以器官移植受者为参赛选手的运动会。它隶属于奥林匹克大家庭,因此也被称作移植界的奥运会,其举办目的在于帮助器官移植受者康复和回归社会,提高他们的生命质量,唤起公众的器官捐赠意识。全世界66个国家、数以万计的各类器官移植受者参加了历届运动会。

【注:2020年10月,在国家互联网信息办公室指导、中国互联网发展基金会主办的第五届"五个一百"网络正能量精品评选活动中,此文入选"百篇网络正能量文字作品"。】

"爸爸，这一次我没法再带你回家了"

这不是一个警察的故事。这是一个父亲和女儿的故事，是一个警察父亲和女儿的故事。

民警老何，57岁那年查出喉癌，女儿何珊珊听闻立即辞去工作，五年如一日地悉心照料父亲，陪护、喂食、散步、检查、配药、缴费……形影不离。

这些最细碎最平常的小事，让这一千多个日日夜夜惹人凝望，充满了道不尽的温情与不舍。

当爱是一种领悟，就不再需要过多的言语去表达。

在老何家采访那天，窗外天朗气清，而在屋内，母女俩交替的讲述，一直不曾停下。偶然，会有一刹那的寂静，大家都没了声响。这寂静之中，仿佛就会有一段旧日的时光被凝固在此，是那段逝去的漫漫岁月。

明天又是父亲节了。

这世上为什么会有父亲节呢？爸爸走了，这一天于我而言，只是一遍一遍提醒自己，在这个世界上，我已经没有了父亲。尽管，只要我一叫爸爸，那心里燃烧的一丝一缕，依然是生生不息的滚烫。

我的爸爸何伟民，在派出所做了四十年民警。他是1955年出生的，属羊，杭州人。

我爸最爱这身警服，可让人万万想不到的是，他最后一次穿着警服，是在自己的追悼会上。

爸爸平时身体还行，只是咽喉炎比较厉害，一辛苦就会痛，但没当回事儿。他爱抽烟，因为工作压力大，总是烟不离手。但突然生了癌症，还是让所有人都始料未及。

事情起先是这样的。爸爸去探望一个生肺癌的同事。在医院里，他咽口水时，觉得自己喉咙特别痛，就去检查了下。医生发现，他舌头下有些异样，让他做喉镜。等看了检查结果，让他马上住院，但究竟怎样了，还是要等切片化验结果。

我始终记得那个早晨。刚过完年，一早，天开始飘雪，心里就隐隐觉得有个不好的预兆。我和妈妈一起去医院，陪爸爸等结果。结果……就是五雷轰顶。

医生说，是癌。

这是2012年2月。几乎从这一刻起，短短几天，妈妈忽然满头白发。我也立即辞去了工作。

他只有我一个女儿,在爸爸最需要我时,无论如何,拜托别人来照顾,都不如自己来得放心。况且,妈妈也受了很大的刺激,扛不住。工作不是非我不可,但爸爸,只有一个。

喉部手术做起来有点残忍,切开后,只能用肩胛骨上的皮去补。一次手术,身上两个地方要动刀。第一次手术后,我们在医院挨了两个多月,妈妈负责烧菜,我在医院日夜值守,所有的陪夜、医护、跑腿都是自己来。

爸爸瘦了三十多斤,伤口痛得咽口粥都要用很多力气,吃不下什么。眼见着病友们一个个出院,只有爸爸和我不能回家。

但更让人预估不足的是,这样一种往复于病房,甚至和医院相依为命的日子,近乎占据了父亲的余生。

在这五年,不停地手术,不停地修复,不停地检查,不停地化疗……随着手术次数增多,渐渐地,父亲不再能开口讲话了。

我问他,好,或不好?痛吗?好些吗?想坐一会吗?想去散步吗?口渴吗?他想答,却发不出声音,努努嘴唇,也没有声响,就靠用手指敲桌子,来回应我。

我们也想过要不要手写,或写在手机上。但这对他也有些难。也许是父女之间无形的默契,爸爸和我都极其自然地接受了这种新的对话方式。

现在想来,真有些怀念那些手指敲桌时的咚咚作响。这是一种碎片式的谈话。别人看来,或者会觉得不理解,或有些奇怪,甚至觉得这不平等。但在一遍一遍桌子的敲击声中和眼神之间,我越来越多地感受到,就像我离不开爸爸一样,爸爸也越来越离不开我。

这些已经逝去的咚咚作响,有时平淡如水,有时又如暴风骤雨。这些再也听不到的咚咚作响,是爸爸心跳的痕迹,也是他在病榻之前的困窘。而我,似乎是找到了一条出路。从小到大,一直不知道该怎么和爸爸对话,这桌面上无法复制的咚咚作响,仿佛让爱余音绕梁。

那些牵挂、那些委屈、那些没有说出口的表白,时至今日,相信就连桌子都听得分明、记得真切。

一天又一天,父亲的生活越发悄无声息,他仿佛是在等待一个不安的终点,只是努力让自己平静。而我为了给爸爸更多生命的鼓舞,却异常匆忙。

只要陪着你。

没有照顾过病人的,或许理解不了这些日常对一个人的无声摧残。照顾病人真的是一件很累人的事,尤其是精神上。血脉相连,就无法不感同身受。

这五年,我和父亲在一起的时间,比所有之前的日子加起来还要长。

我的日常就是不停跑医院,挂盐水、配药……爸爸每一两个月要复检一次。在这样不间断的反复中,我们最希望的就是爸爸能好起来,我们的心情指数,随着爸爸的检查结果,起起伏伏。检查出甲状腺不好,要找到甲状腺的医生;检查到糖尿病,要看糖尿病医生……

每次复查,都像等待宣判。医生说这周还行,指标正常,我和妈妈就稍微松口气。医生如果说,这周指标又上去了、不好,那完蛋,我们又要忙起来,就像紧急应战。

即使不去医院,也像上了弦的钟摆,早、中饭前都需要打胰岛素,饭后测血糖。我买菜,妈妈烧菜,变着法儿,要让爸爸吃出点儿食物的滋味,家的味道。

早晚,我会陪父亲去城东公园散步。有时,去西湖边散散心。这些都是杭州人再熟悉不过的风景,却是我小时候从来没有和爸爸一起欣赏过的。

我是在外婆家长大的。偶尔周末,爸爸会过来看我,在我眼里,他就像是一个陌生的叔叔。远远地,当我看见瘦瘦的、穿着警服的爸爸走来,我会立刻跑回去把门关上,问他你来找谁?你是谁?爸爸从没带我看过电影,也没去过西湖边。记忆中,爸爸好像从来没拥抱过我,也很少有几次单独的相处。

好像过去所有的日子,我都未曾有机会好好打量过爸爸的面庞,直至他病了,我才有机会仔细看看,在我心里一直面目模糊的他。他有着非常英俊的脸、浓黑的眉以及忧郁的眼睛,我的父亲。

对我来说,这五年和父亲相处的时光,不仅仅是想能让父亲真的好起来,似乎,这对我也是一种不可多得的疗愈。我的世界,父亲的世界,多年以来,终于安静得都只剩下彼此了。

所有的时间都在重复。跟随回忆走入黑暗之中的童年,除了物质匮乏,还有父爱的匮乏。

小时候的我,不知道警察是干什么的,每天那么忙都在做些什么工作。对我来说,父亲只是一个符号。

我是1982年出生的,整个童年,都非常孤独,没有爸爸在身边,下课也见不到妈妈。爸爸总是忙于派出所的工作,即使下了班,晚上也要加班清查,几乎见不到人。妈妈在电信局机房上班,三班制,24小时轮流。父母都要工作,少有时间陪我。

到上学了,我住到父母所在的江干区。因为户口挂在奶奶家,上学比较远。当时,妈妈也曾说让爸爸去找找关系,让我在就近的小学读书。但是爸爸从没去开过这个口,他只说:"我没有人认识,自己克服一下好了。"一克服就是六年,为这事儿,妈妈没少埋怨爸爸。

在众安桥小学读书,离家很远。傍晚5点半放学时,正是拥挤的晚高峰,每天回家,只有一辆8路公交。对我来说,有太长的时间,一直消耗在上学和回家的路上……有绚烂朝霞喷薄日出,也有夏夜落日,在城市楼宇间辉煌降落。爸爸妈妈对我关照最多的,是一路坐车要小心。

第一次乘公交是妈妈带我的。她说:"你要记牢,坐到'娃哈哈'时,要记得下车;耳朵要竖起,听售票员报站,不要坐过了头。"此后,爸妈给我买了一张5块钱的月票,都是我一个人坐车上下学了。

我年纪小,长得矮,总是挤不上,往往要等下一班,或者再下一班。等到家时,就要七八点钟了。家里空空荡荡的,没有父母在等我。妈妈为了照顾我,专门值晚班,下午3点前出门,是为了给我做好晚饭。那时,没有电饭煲,用的是煤饼炉,烧好的饭就用稻草窝(注:专门保温的家用日用品)来保温。

我把稻草窝里温热的饭拿出来,就着妈妈上班前炒的菜,简单吃一下晚饭再写作业。写完作业自己洗漱,然后上床关灯睡觉……一个人过。那些年,我一直很瘦,还经常拉肚子,有时一个月不到,病历本就写满了。外婆说,我瘦得肋骨都可以当琵琶弹。

一直以为,我在爸妈心中是可有可无的。但这只是小时候，不懂事的自己胡乱想的。实际上在爸爸妈妈心里，我也是无与伦比的宝贝。

有一次放学，我没直接回家，去书店里买教材。妈妈发现我到8点多还没返回家中，焦急得给爸爸打电话，让爸爸赶紧去学校找我。爸爸马上停下手里工作，赶到学校去；学校里没有，又赶紧返回家中。当爸爸妈妈一起慌慌张张地赶到家中时，我也从书店返回了。记忆中，这是我第一次看见爸妈为我如此紧张，我有些不好意思，以为他们会大发脾气，但他们只是和我讲通了道理，嘱咐我天黑了一定要尽快回家。

至今想起这件小事，我仍能想起那天夜里，爸爸妈妈看我的眼神。我非常确定，爸爸妈妈非常爱我。

没有家长的督促，我成绩也很一般，我要求自己，不能垫底，要认真写作业。那时，老师很严厉，完不成作业，一早就得到教室门外站着。妈妈也说，要我笨鸟先飞，不懂就去问老师。学校里学拼音，妈妈懂一点，但她往往教了一次，就不再教了。妈妈总说："考得出考，考不出算。"如果妈妈在家，大多的时间，她都在家里挑毛衣。那才是家里重大的事情。那时，全家人的衣服都是要靠主妇一针一线挑出来。

高中毕业后，我考上了大专，是普普通通的学校，没让父母帮过任何的忙。

我的第一份工作是在一个大厦柜台卖货,这也是我自己去应聘的。我胆子也蛮大的,两三个同学根据招聘广告,找了单位就过去了。这个工作做了三四年,也陆陆续续做了一些其他的工作,工资都差不多一个月只有三千多。

爸爸很少插手我的事情,我也很少过问爸爸的工作。如果不是因为这一次突然生病,这样的状态,也许会一直持续到今天。

爸爸做了一辈子警察,但也是直到这次生病,我才渐渐了解到,我沉默寡言的爸爸,在职业生涯中,是怎样的优秀和高尚。

工作中的爸爸和家中的他,是截然相反的。生前,父亲所在派出所所长张亮说:"他什么婆婆妈妈的事情都要管。"一次寻常的夫妻吵架,也许会演变成孩子坠楼身亡;一次寻常的消防隐患,也许就会演变成一家四口的命案,所以爸爸其实责任重大……

所有悲剧的起源都是那么琐碎和不起眼,但是这些起源必须要有人去发现,去遏制。如果不将它平息在萌芽状态,都有可能是引发龙卷风暴的蝴蝶之翼。

平常工作时,父亲一早到派出所,都会先和辅警小胡,骑上自行车去社区转转,跟楼道长聊聊,问问防火防盗防贼情况,邻里之间有没有新纠纷,社区周遭的店有什么变化。在父亲眼里,这些都是他眼中最重要的事情。父亲病了,在家待的时间久了,他的同事经常来家里,他们聊的永远就是社区里的那点事。我也慢慢明白,小时候见不到爸爸的那些日子里,他都在忙些什么。

有次,听说社区七楼和一楼的人家发生纠纷,两个人都动了手,七楼的可能要被刑拘,一楼的要治安罚款。爸爸知道后,想如果真按程序走,就会永远在邻里之间埋下一颗仇恨的种子。于是,他分别找双方谈话,动之以情,晓之以理,最后矛盾解除,互相宽容宽恕,邻里之间重归友善。

还有一次,一个保姆被一个近70岁的雇主动手动脚,保姆找到了管区民警。当时,已经是晚上8点了。爸爸直接打电话,把老头的三个儿子全部叫回家,让老人在儿子面前承诺,再也不做此类事情,并帮保姆要回来全部工资,让她辞职离开。

照理说,清官难断家务事。但对爸爸来说,这样的家事,在未产生严重后果之前,都容易清除隐患,只要把工作做细致,做妥帖,达到他的标准,尽到他的责任。小胡说:"那位老人还很有名望的。当时老何的雷霆处理手段说一不二,干净利落,也让他心服口服。"这些拼凑起来的事例,渐渐让我对父亲有了新的了解。

起初，我真的无比诧异，在家从来不多话的父亲怎么能那么有说服力？怎么能让这么激烈的矛盾顺利化解？为什么他和辖区里面的群众有那么多可以说的话？为什么他和我妈妈之间就没有那么多的话呢？

手术五个月后，怎么也拦不住父亲，他执拗地穿上警服，回去上班了。所里的领导和同事都很体谅他，给他派一个轻松活，每天坐车查岗。但是父亲怎么可能拿自己当病人呢？

父亲最怕大家把他当病人，上班后，他把所有在他手术时前来看望过他的居民、同事、社工、校长等等一一走访了遍，仿佛是在告诉他们，自己已经没事了，可以继续把警察工作给做好。

病前，父亲每天早晚两班岗，都在采荷二小这里护送学生过马路。病后，他依然是要站两班岗，不愿意减轻一点点工作量。父亲特别看重给小学门口站岗，他喜欢看那些小孩子背着书包高高兴兴地在学校门口进进出出。不知这慈爱的目光里，会否想起我的小学时代，那些他缺失了的时光？

爸爸不能说话以后，常常会整天无语地望着天花板。我明白，那是他在牵挂他的那一方天地，惦念未曾解决的矛盾，可他有心无力。

做警察就是要做一辈子，这是爸爸的口头语。这句话,他差点儿就做到了。

2016年10月,父亲在复查时发现,癌细胞在他的体内扩散了。因为动手术次数实在太多了,他喉部的皮肤已经破了再补,补了再破。有时候,觉得就像是马路上修下水道,打开又再补上,又打开又再补上。想起真是心痛无比。医生也建议做化疗,担心他身体吃不消,但父亲执意要做手术。

或许,做警察的都比较执着。他觉得手术可以好得彻底。我尊重父亲的决定,只要他做了决定,我都会帮他去跟医生谈。

有时候想想,这点,我还是非常像父亲,所有的事情都必须自己做决定,按照自己内心的希望去做。

有时,有老朋友来看爸爸,他也会说很累,有点坚持不下去了。但这只是一瞬间,我能看到的也就一刹那,很快,父亲又会重新回到积极配合治疗的状态中去。在和疾病的抗争中,我依然看到了他的倔强、勇气和韧性。我想,这或许就是因为他干了一辈子警察的缘故。

很多时候,我都会强烈地感觉到,爸爸的世界不在于此,是病痛把他囚禁在了此地。他的世界在工作的社区里。那是他的领域所在——工作时,他有稳妥的满足和简单的目标,有如鱼得水的经验和完全发自内心的热爱。

他说,做警察,就是要做一辈子和老百姓打交道的警察,要将心比心,要让老百姓认你,给你面子,事情就好办了。

如果工作对他来说是一种治疗,那这种治疗看来是遥遥无望了。最后一次手术比较复杂,需要割舌,非常痛苦。本来就无法发声的他,未来可能真会变成一个哑巴。

但是父亲执意手术,他说哪怕死在手术台上,也要争取生命的希望。谢天谢地,手术还是很成功的,父亲又一次从手术台上活着下来了。

这次在医院反反复复待了一个月。这期间,有次因为血管爆裂,他有过一次喷血经历,喷出来的血,把房间沾染得到处都是。

每次住院都是生死考验。守着父亲的无数个夜晚,医院走廊的尽头,能够看到雨水倾泻,薄雾的窗外,能看到晨曦怎样一点点把房间照亮。那段时间真的不堪回首,别问我是如何度过的。只觉得无处着力,疲惫绝望,感觉父亲就像是吊在悬崖半空,我拼尽全力拉着他,可就是怎么拉也拉不上来。

2017年,那年春节比较早,1月份就到了除夕。医生在复检之后,允许我们出院,但医生强调,一定要注意喉部跌落的小碎块,一旦引起窒息,这是最大的危险。

尽管如此,每一次被允许出院,我都会在心中因感谢而流泪,谢谢命运,又一次让我能带爸爸回家了。

回到家里,我和妈妈自己动手包小包子,用泥鳅、河虾剁成泥,加在小馄饨里,一点点喂父亲。父亲胃口恢复得还可以,又开始吃东西了,但吞咽时总是要呛,可能还有点肺气肿。

到了4月,父亲又吃不下东西了,情况又开始变得令人揪心。我们又去住院了。这一次医生告诉我们,在舌根下面,一个很难发现的位置,发现有疑似癌细胞在转移。

我心疼爸爸,想他实在是太痛苦了,太累了。一个有血有肉的躯体,怎么能够承受那么多次手术的折磨,但这一次父亲依然坚定地要进行手术。那时,父亲身上已经没有更好的皮肤可以切下来用了。医生都不主张再动刀,可父亲依然在坚持。

很多时候,在寂静的病房,我看着身上插满管子的父亲,竭尽全力地呼吸,床单在他身上一起一伏,都会忍不住有些害怕,害怕这具病弱躯体一旦没了呼吸,会是怎样?害怕最终这呼吸仍是属于死亡的——而这又是无法逃脱的真实。

心中隐隐感知着,这可以想见但无法接受的真实正一天一天地向我靠近。

那天,是爸爸在我身边的最后一天。虽然他病了很久了,可当他真的再没有力气抓住生命的手,还是会让人猝不及防。

早上,离开病房时,爸爸状态还不错,还看着热播的电视剧。我跟爸爸说要去配中药,晚上再来陪他。爸爸对我摆了摆手,意思是让我快去。

我从下沙跑到另外一个医院拿药,刚到家里,还没来得及烧饭就接到了妈妈的电话。等我匆匆赶到医院,爸爸已经在病床上抢救很久了。他的呼吸还在急促地升腾着,口中的氧气管随着头部晃动。

我就站在他病床边,我们之间隔着茫茫的生死。直到离去,他的眼睛再没有睁开过,我们没来得及见上最后一面,好好地说上一声永别。

爸爸真的留下我和妈妈,自己走了。曾经以为会有的亲情补偿时间,如同流水一样,从指缝中滑落消失。

父亲的心电图,只剩下留在窄小的白纸上的一条直线。这是父亲留在世上的最后印记。我抚摸他的脸,手心所接触的那块皮肤依然柔软留有余温,麻麻的是未剃干净的胡须楂楂。

爸爸,原谅我,这一次再不能把你带回家了。

医院护工推来专门的棺材,用来装过世的病人。这是一个大塑料箱,有点像冰箱抽屉,是我和妈妈两个抬进房间的。下午三四点钟的阳光依然晃眼,护士催着我们给病人擦身、换衣服。因为时间久了,身体就会发硬,穿不进衣服。

我拿着毛巾,看着满墙满地的血发呆。脑子一片空白,身边的世界仿佛静下来了。隔壁房间隐约传来病人家属的喧闹,依稀也有走廊上的谈笑。而我的耳边响起的,只有父亲在喊我的声音:珊珊,珊珊……

父亲走了,这声音一定是他最后想要呼喊的名字。

让父亲穿着警服走,这不是父亲的决定,他也来不及做这个决定,这是我的想法。在我眼里,好像还从没见过不穿警服的父亲。既然是他最喜欢的衣服,一辈子都穿着的衣服,那也应该在他走的时候,让他穿着这身衣服走。

我给父亲擦身,他脸上的血迹已经擦干,还留有各种仪器印在脸上的痕迹。等给他换好警服,我在心里对父亲说,终于结束了,爸爸,你可以解脱了。这几年留在你身上的痛苦全都结束了,不再有手术,不再有化疗,不再有欲说无语的痛苦,不再有牵挂不舍的工作。

爸爸的头发耷拉在额前,脸苍白而无助。这是我看过的最安详的父亲的脸。父亲的人生到此停止了,而这只是父亲退休后的第二年。

我们把父亲推往医院的太平间。父亲的身体迅速地变重,体温还在。我们等着他逐渐变冷,然后放入冰柜。

我们的告别真的要结束了,我能慢慢感觉到他的身体渗透出来的寒气。父亲的灵魂应该已经在路上,不知道他是否也在半空中依依不舍地望着我和妈妈。这个辛劳孤独的男人,这个我未曾给予任何报答和安慰的男人,他就要这样永远地离开了。

我是这样地不舍,除了告别,我什么都不能做。

家中没有其他兄弟姐妹,父亲的丧事,几乎都是我一个人在支撑的,妈妈已经难过得近乎瘫倒。

妈妈曾经说,当初找对象时,给她介绍的人里,有记者,还有飞行员。但是外婆说了,飞行员太危险,警察和部队差不多,人本分就好。哪知道嫁给警察也要守寡的啊。

在父母亲生活了三十多年的狭小房子里,搭设了灵堂,也摆满了供品。我和妈妈再也听不到晚回的父亲钥匙开动门锁的声音。

也是到那一刻,我才意识到,手边没有可以冲洗的父亲的照片。他一辈子不爱拍照,从来没有想过自己的照片还有最后一刻的用处,就是用在他的灵柩上,用去挂在追悼会的礼堂上。于是,我又忙乱地搜索父亲的遗物,在他的工作证上找到照片,急忙翻拍,算是做好了父亲的遗像。

那个夜晚，坐在没有灵柩的灵堂里，我的心好像还跟父亲紧紧牵连着。想起，从前的每天，虽然和他不说话，但交流得非常频繁。只要四目相对，我就知道他想说什么；只要手指敲桌，我也知道他想要什么。当这些就此戛然而止，爸爸，我不知道自己该往哪儿走了……

想来，这五年里，和父亲最多的对话是关于吃，问最多的话是："爸爸，你今天想吃什么？"父亲最喜欢吃红烧肉、墨鱼、南方油包。不吃很难受，而且还特别喜欢吃月饼。

父亲患上了糖尿病后，医生不让吃月饼了，但他还是喜欢偷偷地吃。有时，我心里着急，和他说几句，觉得再说下去，可能父女两个又要吵架了，但又担心他吃下的月饼，让他的血糖又升高。

如今，一切都结束了。

最后一次见到父亲，是在追悼会上。

这是我们每个人的最后一站。父亲在冰库里放了一夜，按风俗，要凑在单数的日子去火化。他的脸上被抹了一点点胭脂，原本是为了显得红润，可这不再是我记忆中的爸爸了。他已经不在那儿了，而他们要火化的，只是一具遗体。

从窗口接过父亲骨灰的时候，我感觉到了手上的温度。好像,他还在我的怀抱里。我挚爱的父亲,两天前他还躺在病床上,和亲爱的女儿说早去早回。两天后,我亲手送走他,看他化成了一堆灰烬。谁能告诉我,如何来穿越这漫长的,漫长的绝望。

追悼会那天,来了很多我不认识的父亲的同事,也有一些领导,我也不认得。他们写的悼词,他们一起行礼,但我只觉得那个大厅很空荡,很陌生。

所长张亮得知爸爸走了,在老同事群里说,希望大家都来送老何一程。在那条消息下面有近百条回复:"我一定准时到达。"这是所有战友对父亲最后的承诺。

虽然我不知道爸爸的工作具体还做了些什么,但是从一拨又一拨到家里来送行的居民群众,以及爸爸的战友和同事在追悼会上对爸爸表现出的痛惜和肯定,我感受到了爸爸平时所做工作的分量——在他们心里的分量。

一个人生前可能是不起眼的,但他走了,他的离开,就会让人觉出他有多么重要,多么不可或缺。

在我们杭州的大街小巷,像我爸爸这样的警察有很多很多。他们的职业是警察,但他们也真的都只是一群普通平凡的人,是儿子、是女儿、是丈夫、是妻子。

这些和我父亲一样的警察,他们愿意选择生命的大半时间,做着大量琐碎的工作来保护城市安全和人民生活,那他们就是不一样的人。

在我眼里,我的父亲也是这样一群值得尊重的人中的一员。很多个夜晚,我都会想念父亲,想得最多的,是当年那个被我关在门外的爸爸,同样也想念被我照料了五年的、不能言语的爸爸。

我在想,爸爸在家不说话,是不是因为白天在社区、在派出所说得太多了?他的工作总是面对各种纠纷、冲突、矛盾,他的工作就是苦口婆心地调解、疏导、教育,只要在他的岗位上,他的话是不停的。

因为太累了,说了一天的话,他回到家,可能再没有力气说更多的话了,但他的爱还是在的。他对妈妈的爱、对我的爱一直是藏在心里的。爸爸为什么那么喜欢在家里吃饭?不仅仅是喜欢我妈妈烧的菜吧?或许,他也是以这种方式来聚合与家人的情感,弥补不在家的那一份欠缺。

三十多年来,这张小饭桌上保留着我们家特有的圆满。我们家就是杭州城市几十万个家庭中的普通一家,没有过多的丰富多彩,有的只是一家三口平安平静的生活。这小饭桌,是我们感情的纽带。但偏偏命运如此无情,这唯一的纽带,也因为爸爸生了喉癌而无法存在。

在这个父亲节,无法相见的父亲,你可安好?

相思始觉海未深,而夜晚的海又是黑色的。这种想念,多是绝望。爸爸走了,我也好像死去了一半。但生活又逼迫着自己,从绝望中看到希望。

父爱厚重无声,却如无声的阳光,温暖着我的心。问世间爱为何物,我如今觉得那是最深沉的父爱。父爱高大深沉,从小到大,或许父亲给予我的一直是这么一种稳重的爱。

虽然,我曾怪过他没有在生活上为我提供过优越环境,也没有在学习成长中给我灌输学问知识,但他一直以自己身体力行的做人处事方式,站在我的背后,像一座高山一样,像一座丰碑一样,支撑着我。

我久久仰望,难以企及,但也收获了丰盈的安全以及脚踏实地的信念。有爸爸在,好像什么都可以放手大胆地去做。有爸爸在,这个世界没有过不去的坎儿。

时至今日,才豁然发现,也许正是成长过程中,父母对我放手的爱,让我拥有了比同龄人更独立的个性、敢闯敢拼的勇气。没有乌云,没有压抑,就算童年的那些孤独,随着年龄也会烟消云散。

我三十多岁的人生一直洒满阳光,这样的阳光就是在这样的爱下生长出来的。我感谢他们给了我宝贵的人生经历和人生体验。唯一愧疚、无法原谅自己的,是在父亲在世时，没能有一个家、有个孩子给他一些安慰。但父母亲也是从来不催我，他们认定我就是一个自由自在的孩子，我有充分的自由做我自己认定的事情，他们会支持，不会干涉。

在这个父亲节，我们不谈忧伤，只谈收获。

人生在每时每刻都会以它特有的方式给你启迪。我庆幸自己在父亲生病后做的选择，我为我做了如此一个重要的决定感到欣慰。

我与父亲最后相处的五年，是我人生中最宝贵的，是任何财富也换不来的。在父亲最后的五年人生里，我抓住了那一刻属于我们命中注定的相聚，每一分每一秒我都没有荒废，是我刻骨铭心的记忆。相信这五年时间对爸爸来说也是一样的欣慰，或许他也是重新在这一刻认识了他这个大大咧咧的女儿，充满阳光、永不气馁的女儿。

在这个父亲节，我们不谈失望，只谈感恩。

或许世上有比我优秀得多的女儿，但是我自认对父亲的爱，奋勇无声，天下无双。有些爱是不需要言语的，各自在心中存放，就会心满意足，感到安慰，这也是爱的不辜负，爱的延续，爱的勤能补拙。

爸爸不在了，我想多留住妈妈的微笑，多对妈妈尽一份孝心，多陪伴她度过这漫长的人生。我带妈妈去看世界,日本、韩国、泰国……未来,我们还想去欧洲走一走。辛苦了大半辈子的妈妈,失去了爱人的妈妈,怀着爱与伤痛的妈妈,挣扎在希望和失望的边界。

假若爸爸真的化为天上的一颗星;假若爸爸真的能远远听见我们的生活,还有清亮的笑声,相信爸爸一定也有会心的微笑。

真希望能再见到爸爸,哪怕是在梦里,哪怕只有一次。

如果再相逢,爸爸,请您再叫叫我的名字,我们多说说话;爸爸,请您再给我一个故乡,让我踮起脚尖,就能抱抱您。如果真的有相逢,爸爸,也许话到嘴边又咽下,但爸爸,我还是想问您,今天想要吃点什么?

人的感情底色都是相通的,能打动我自己的,也一定能打动千千万万人。

这篇文章在公号发布后,珊珊说代表她母亲谢谢我们,这是给她的父亲节最好的纪念。有的时候回忆可能会撕开伤口,但是如果这撕开的伤口能带来更多彼此的慰藉,即使一痛再痛,我觉得也是值得的。

文字间很多的泣血之诉,也是我心中同样想说给自己父亲听的。我的父亲离开我也有十年了。只要我们的想念始终还在,父亲就永远不会消失。爱是纪念,是不遗忘。爱是永恒。

何伟民从警四十年,在社区民警这个岗位上,他先后荣立个人三等功一次,嘉奖六次,连续七年评为优秀公务员,荣获"党员示范岗"荣誉称号。他还被评为"江干区十佳道德模范",杭州市首届十大最美警察。

这就是珊珊的父亲,也是我的战友。也许珊珊的眼泪,也挂在其他警察子女的面庞;珊珊深沉的爱,也藏在其他警察子女的心里。

如果你的父母是警察,请多一次原谅吧。

我生命的创口，长出了翅膀

这个故事想要讲述的，不只是非凡的韧性和勇气，还有记忆，以及心灵如何在遭遇毁灭性的打击后，自我修复。

"上个世纪的最后一个冬天，广东某地一个地方电视台播出这么一条社会新闻：一名年轻女子在一间出租屋被人割喉，作案手段残忍。凶手留下遗书，实则是畏罪潜逃，此后，一直未被抓捕归案。这条播报只有 30 秒……

"20 多年过去了，当年轰动街巷的新闻早已从城市的集体记忆中消失。但对于我来说，这则新闻是我心尖上永远翻滚的疼痛。因为被害的那位年轻女子，是我的姐姐。"

第一次听到沈悦这个名字,是2021年春节前,在来自全国各地缉毒警察的聚会上。他们说:"我们这有跟电影《湄公河行动》一样精彩的案件,还有更加精彩的缉毒女警,那就是沈悦。"

提起沈悦,在座的所有禁毒同行对她的第一个评价便是:漂亮。第二个评价是:人好。她是一位杭州姑娘。

这样一位缉毒女警,引起了我极大的兴趣。那不就是作家海岩写过的女主人公吗?《玉观音》中的卧底女缉毒警安心,《永不瞑目》中的刑侦女队长欧庆春。

2021年1月,北京大兴地区又出现聚集性疫情,所有进出北京的人员都受到了严格管控,我的赴京采访也暂时搁浅。

在等待的时间里,我在网上查阅了大量跟沈悦有关的信息,也和她有了微信联系。

网上信息显示:沈悦,现履职于公安部禁毒局,任缉毒行动处副处长。2019年3月,获"全国三八红旗手"荣誉称号。2019年5月,记个人一等功1次。2012年5月,记个人二等功1次,同年,她所在的缉毒行动处荣立公安部集体二等功1次。另外,还有个人三等功及嘉奖共6次。2019年10月1日,沈悦作为全国76名公安英模观礼团中公安部机关的唯一代表,在天安门检阅台观看了国庆70周年大阅兵。

等疫情有所缓解,我立刻在杭州做了核酸检测,然后第一时间去北京和沈悦见面。进京时,正是春花烂漫的三月,想着从小在杭州长大的沈悦,对家乡一定有着强烈的念想,便在出发前特意选了时令菜马兰头和江南的清明团子。

第一次见到她,是在暮色四合的长安街旁,她驾着吉普车,穿着红色风衣。我们第一句见面问候语,自然而然说的就是杭州话。果然,她对家乡的时鲜喜不自禁,而且如传闻中说的,她很漂亮,个子瘦高,眼神有光,说起话来温温柔柔。

此后,我们又在北京见了一次。沈悦总是在不停地出差。有一次她去云南出差,和我约好在云南见,至少有一个晚上可以完整聊一下。可就在准备启程时,云南瑞丽再度出现疫情,不得不临时改期。

交谈最久的一次,是在北京的宾馆里,我们从早上8点一直聊到晚上,整整一天坐在沙发上几乎没有动,中饭只吃了汉堡。近十个小时的访谈中,讲述不停。沈悦只喝白开水,她有贫血,不能喝咖啡和茶。

另外更多的时间,我们在网上交流,从春天聊到了夏天,从工作聊到了生活。

和沈悦交流,有一种不断拉近的亲切,感觉她就像是我的一个妹妹,说着家乡话,说着同一片故土上似曾相识的流年往事。

本来,我是奔着她所经历的那些缉毒案件而去,然而不知道是一见如故,还是前世有缘,故事始料未及地滑入了另一个频道,那里有一段更让人难以平静的辛酸往事令我震惊。

那个午后,当我问她,作为一个优秀的外语专业高才生,为什么一毕业就走上了警察这条职业道路?她迟疑了很久,然后有清澈的泪水夺眶而出,她失去了一直有的平静。她说这是一个伤口,也是一个她守了二十多年的秘密。或许,随着时间的流逝,这个秘密渐渐褪了色,但它的伤痛却丝毫没有减弱。

以下是沈悦的经历和心路历程,我想,以第一人称来呈现这个故事,应该更为贴切。

20岁以前从没想过,我的人生会与缉毒警察挂上钩,即使小时候爱读侦探和武侠小说,总是对行侠仗义心生敬服。

从小到大,我一直成绩优异,从杭州外国语学校一路考进北京外国语大学,又顺理成章地读研。我的同学有不少进了外交部,其中上过热搜的翻译天团成员之中,就有我的中学同学和学妹。

如果没有大学三年级那年发生的那件事,也许我的人生道路也会像他们一样,以专业翻译作为终生的奋斗方向。

但所有的人生,从来都没有"如果"。

努力成为他们的骄傲

有时候,父母的命运或多或少会影响到他们的孩子,尤其是像我父母这一代人。他们没能实现自己理想的遗憾,总希望下一代能够不遗余力地填补。我的父母就是这样。

我出生在杭州一个极其普通的工人家庭,父母都读书不多。父亲8岁时就失去了我爷爷,从小到大吃了很多苦。初中时,他考入了杭州最好的中学之———杭州第二中学,但读不起书,中途辍学了。母亲从小学习优异,但也只读到小学毕业。

我是家里最小的孩子,有两个姐姐,都大我十岁以上。大姐姐特别勤奋刻苦,考大学没考上,只好去读电大。二姐为人善良、生性豪爽,只是不爱读书,勉强读上一所中专,毕业后就去广东打工了。两个姐姐的读书历程都没让爸妈满意。

我的出生,和二姐之间冥冥中好像有一种说不清道不明的关联。这是母亲后来告诉我的。在我出生前,二姐就一直缠着母亲,让她再生一个弟弟或者妹妹。一次,母亲实在不耐烦,不小心推开她,二姐额头竟撞到了桌角上,就此留了疤痕。

但也许就因为二姐这样的"胡搅蛮缠",在已经开始实行计划生育的年代,母亲不小心有了我,也就坚定了信心,把我生了下来。为此,她还被单位降了一级工资作为处罚。

而我这一路以来的成长,以及取得的所有成绩,都让全家人觉得,把我生下来是一个非常英明的决定,尤其是两个姐姐,更是把我当作她们生命中最大的骄傲。

我们家不是富裕家庭,房间狭小,只有四十多平方米。一进门就是客厅,左手边两个卧室,一间父母用,一间我们三姐妹用。

小时候家里没有任何玩具,只有一个父亲亲手做的木马车。父亲是技工,家里的保险窗、电视柜都是他自己做。

我们家的人都长得还可以。父亲身高一米八多,很像老电影《红色娘子军》里洪常青的扮演者王心刚。母亲天生气质优雅。我大姐最漂亮,年轻时追她的男生特别多,大家都说她长得像林青霞。

我们家的教育很传统,从小父母对我们三姐妹立的规矩非常严。比如,吃饭时,饭碗永远要端在手掌上;无论站着还是坐着,绝不能抖腿。我现在看有些小孩子站在那里摇来晃去的,总忍不住想制止,这在我家是绝对不允许的。

我最早的文化启蒙,可能得益于大姐姐的追求者。我大姐比我大十五岁,我还在读小学,她已经到了恋爱的年纪。有个大哥哥为了讨好我大姐,送了我一整套世界文学名著连环画,这是我最爱读的。

我喜欢雨果的《悲惨世界》,冉·阿让的苦难经历会让我哭;也喜欢莫泊桑的短篇小说;喜欢《荷马史诗》,那种最纯粹的神话世界。这套书我一直珍藏,本想着给我儿子看看,但是页面都泛黄了。

虽说父母是工人,但他们一直想要把我往精英方向去培养,让我练小提琴,可因为不想吃苦,练了半年我就放弃了。

当年,和我妈同一车间,有一个叔叔书法好。我妈让我跟着他练书法,反正是同厂的,又不收钱。这一学学了六年。书法对我的个性培养帮助很大。临帖前要蹲马步,习字时站着悬腕写,这造就了我性格中沉稳的部分,有事情能沉得下心来,安静专注得下来。

母亲说,我小时候很老实。每次母亲带我去厂里的浴室洗澡,嘱咐我先在那里排队等她回来。等她赶来,我还是排在最后一个,因为我总是让别人排在前面。

有次,她带我买枇杷,其中一个摊铺前,很多人排队,而另一摊因为不新鲜,没有人买。而我就要买那堆不新鲜的枇杷,我说,这人可怜,都没人买他的东西。

庆幸受到老天的眷顾

上学以后,我一直成绩很好。

小升初时,想考杭州外国语学校,这是当时杭州最好的中学,竞争超乎寻常地激烈。我家住香积寺旁,就近读的小学,因招生模式限制,全班能报考杭外的只有一个推荐名额。

虽然我能保证成绩在班上数一数二,但我不能保证永远第一,更不能保证老师一定会把那个名额给我。

为了让我能得到一个被推荐考试的名额,五年级下学期,在父母的各种努力下,我转入了文三街小学,并且通过自己的成绩,争取到了一个考杭外的名额。

父母文化程度不高,没有资源,更没有钱,这在现在看来,转学几乎是没法做到的事情。只能说,我的命运中有很多受老天眷顾的地方。

直到现在,回想考杭外的种种经历,还像是一场梦。

父亲曾和我讲,揭榜前一天夜里,他梦见陪我去看榜单的路上,有一条河,上面有一只船,一头翘得很高,一头沉到水里去了。而现实之中,我的成绩就像父亲的梦,语文考了第一名,数学在录取平均分以下。后来了解到,那次招考,语文题目特别难,我的成绩高出第二名至少5分以上。

于是,关于这个语文考第一的孩子到底要不要招,杭外老师专门开了个会。老师们觉得,这个孩子如果不招太可惜了,因为那次数学拿满分的人很多,但语文能考这么高分很难得。

就这样,我奇迹般地被杭外录取了。

杭外六年,是我成长进步收获最大的六年,尤其是在英语学习方面。刚一入校,每人都发了和课本配套的英文磁带。老师规定,课前一定要预习,要把所有不认识的单词摘出来,先通过查《牛津双解字典》自学,针对每一个新单词造句子。第二天上课,老师会让每个学生站起来,就同一个单词分享各自造的句子,不得重复。

通过自己学习造句,老师再进一步在课堂上讲怎么样是错的,怎么样是对的,绝不会生硬地讲语法。记得老师说过,一个新单词,如果用了六遍以上,你自然就记住了。

周末,我也会去马云常去的西湖边的"六公园英语角",尝试着找老外或本地的英语爱好者交流练习口语,英语就这样慢慢地打下了扎实基础。

而语文始终是我的强项,一直占据着班里前几名的位置。

六年很快过去,考进北京外国语学院似乎也是顺理成章的事。我是1997年在杭州参加高考的,当时用的是全国统一高考试卷,我的高考分数575,这个分数当时可以进北京大学,比北外同期同班学生总分高出很多。

父母送我去北京,办完报到手续,我们一起去了天安门广场。走在长安街上的那一天,是我记忆中一家人最幸福的时光。

刚进大学的前几年,那些不是外语中学毕业的同学,会很辛苦地学英语,我就轻松多了,靠着吃老本,英语还是次次考第一。

我的大部分时间用在学校社团活动。加入了一个电影协会,后来还成了北外电影协会会长。不过现在想来还是有些遗憾的,大学不仅学习没有好好用功,也没好好谈一场恋爱。那个时候大学生已经恋爱自由了,我就很纳闷,怎么没人追我。我觉得我长得虽然不算漂亮,但也不丑。

放假时,跟我二姐沟通这个问题。她说肯定不是你不优秀,应该是太优秀了,稍微普通一点、平凡一点的男生,就不敢追你了。

当年,大学之间很流行搞联谊,男生女生宿舍结对子。一次,清华大学一个男生宿舍邀请我们宿舍去搞联谊活动。我生平第一次想打扮得好看一点,买了一双十厘米高的高跟鞋。

那个宿舍男生想不出什么娱乐活动来,就带着我们北外女生逛校园和圆明园。清华校园有多大?再加一个圆明园,全程靠走。我回到宿舍就把鞋扔一边,再也不穿了。

没有波折也没有恋爱,大学的时光,以为就要这么过去了。如果没有后面的事,我想我的人生,有可能一直就是这样阳光灿烂地走下去了。

遭遇人生至暗的时刻

直到大三那年寒假回家,我才知道,二姐出事了。

二姐平时跟我联系挺多的,那时候彼此都没有手机,但我们宿舍里就我电话多,大多是二姐从广州打来的。我和二姐虽然隔着千里,可彼此的心一直是互相依赖着的。

其实,那学期末我就觉得纳闷,二姐很久没有给我宿舍来电话了。问母亲,她说可能是那头工作忙吧。等寒假回家,父母亲说,他们怕影响我期末考,所以一直忍着悲痛没告诉我,二姐已经不在了。

二姐出事时,我父母亲都在广州。他们刚好去探望我二姐。事发当天,二姐说她出去一下,她说有一个人问她借了钱,正好父母来了可以让他们带些钱回家。但二姐出去后,再也没回来。

第三天警方来电话,让我父母去认尸。

这个消息真是晴天霹雳,令人难以接受。这个世界上和我关系最亲密的二姐,我并没有答应,她怎么能自己先走呢?

那个冬天,全世界都在欢呼即将进入一个新世纪,而我的姐姐,她的生命永久地定格在了上一个世纪。

我的二姐,想来没有尝过幸福的滋味,大多时候都孤身一人在外拼命努力,在忙碌和落魄中奔波,想在父母面前证明自己。而我总想着有一天我可以对她有所回报。

父母亲带我去埋葬姐姐的墓地。那是城北一座寂静的山上,除了姐姐的坟墓,父母亲把自己的墓也建在了边上。一直以为,父母亲不怎么喜欢二姐,但是在这生者安葬逝者的地方,我看到的是父母满满的遗憾和悲伤。父亲说,以后就在同一个地方,一家人还在那里相聚,不会让姐姐再孤单。白发人送黑发人,我不敢回忆那凄惨的景象。

也是从1999年这个冬天开始,我们的家再也回不到原来的样子。每次回家对我都是一种折磨。身处千里之外的北京,二姐被害的事实和我保持着一点距离,还可以当成她一直还在广州;而一旦迈进家门,就再无自欺欺人的可能。

我和二姐在这个世上的缘分很短,但我的回忆里却充满了和她在一起的点点滴滴。小时候很多雷声大的夜晚,我总会因害怕而躲进二姐的被窝。我最喜欢的就是跟二姐同睡一张床。如今用力呼吸,仿佛还能闻到她头发的清香。每逢二姐从广东回来,总会给我带很多好吃的,还有一些好看的衣服。这些衣服我到现在还保存着,从那时候起就不舍得穿。

二姐总说她在广州都挺好,让我不用担心,总是让我好好读书,说将来就靠我了。在她心中,我是全家的希望,是最有出息的一个。她说,等小妹有出息了,成为一个厉害的人,她在外面就不会被人欺负了。现在回想我姐的那些话,想来她在外面是经常有受人欺负的时候。

小时候,一听说二姐考试挂科或者在外面闯了什么祸,父亲就要动手教训二姐,每当这时,我都会想方设法劝解阻挡。二姐离开后,我甚至会很内疚地觉得,是不是我的优秀更衬托了二姐在学习方面的不如人意。这样想的痛苦会带来更大的内疚,而内疚又比痛苦更长久。

此后的数个寒暑假,父母亲和我写了不知道多少封上访信,寄往不同的部门。这突如其来的悲剧让一家人实在难以接受。

那是我人生最最糟糕的日子。

再回北京,我就像变了一个人,做什么事情都没有了兴趣。那时的天空从来没有如此灰暗,不知道是雾霾呢,还是因为我的心情就此永久地黯淡下去。

那以后,闲云野鹤般的日子消失了,我似乎一下子懂事了很多。我读书以外的大多数时间都用来做小孩子的英文家教,做外国人的中文家教,还去北外成人教育学院英语班代课。

我身边的同学、朋友都觉得我是一个特别乐观的人,但在那几年,其实我一直生活在恐惧中,一直在寻找一条治愈伤痛的路,也是一个无数次想到自杀的人。在猝不及防的瞬间,我烂漫天真的青春期似乎一下子走到了尾声,我也一下子懂得了什么叫人生无常。

缉毒警察背负的秘密

如果没有二姐这件事,我不会想要报考公安部,冥冥之中,二姐又成为我命运的铸造者。

毕业选择工作时,我有很多机会。听说公安部禁毒局在招人,因为对二姐被害这份伤痛的执念,父母意见跟我一样,觉得进公安系统是最好的选择。

一样是过五关斩六将的考试,我终于成了一名警察。

起初,父母为我进公安部而开心欣慰,他们觉得,终于可以有机会寻找杀害女儿的凶手了。但我一个刚进公安部的大学生,有什么能力去实现这个愿望啊?相反,自从进了公安部,我把这个秘密守得更牢了,就怕别人质疑我进公安系统的初心不纯。

我在禁毒局的第一个岗位是国际合作处,负责对外联络、文件起草、会务筹备、来访接待、出访准备以及翻译等工作。人少事多,工作琐碎得必须连轴转才能顶得住。多年学习养成的习惯,让我喜欢和自己较劲,每个交到我手上的任务,都要确保做到至少自己能打95分以上才能"交卷"。

2005年,我们禁毒局承办了两场国际会议,由联合国毒品和犯罪问题办公室主导,东南亚多国禁毒部门参加。两个国际会议的相继举办,会务准备工作极其繁重,最辛苦的是准备各种会议资料,加班到凌晨两三点是经常的事。等会议真正开始时,我嘴角长了很大一片泡,都快毁容了。幸亏开会时,我是做幕后材料的,没有大影响。几次活动下来,我做事踏实、能吃苦的工作态度得到了大家的肯定。

到禁毒局半年以后,我第一次因公出国,目的地是缅甸。刚开始对外交谈时,我发现学了那么多年的英语不够用,语言基本上只能听懂60%。一方面是因为那些国家口音浓重,还有就是大量的禁毒专业术语没掌握。为此,在刚刚进公安部的那几年,我没少花力气努力补课,仿佛中学时学习的那股劲又回来了。这个提升过程还是挺快的,也就一两年的时间,我基本上可以自己带队出国了。

在国际合作处这几年,除了专业上的成熟,也与许多国外同行结下了深厚友谊。因为工作关系,我大约跑了全世界二十多个国家,其中泰国去得最多,总有几十次了吧。

在泰国,我们的兄弟单位是泰国国家禁毒委员会。平素各种双边、多边国际会议上,我们和那边工作人员经常碰到,关系处得就像老朋友一般。

2007年,我刚刚结婚,有次去泰国开会,他们专门来会场找到我,也不说什么事,只是微笑着说"follow me",把我带到另一间大办公室。等一进去,他们全体鼓掌,好多老朋友都在。他们说知道我结婚了,每人为我准备了一份结婚礼物。那个瞬间我真是特别感动。

那些年,我和父母基本上每周都会通一个电话,每次通电话,他们总是急切地问那个事情怎么样了。到后来,我都怕接这个电话,因为我没办法给出满意的答案,我真的无能为力。而母亲又总在电话那头哭。那几年,我压力实在太大了,既要忍耐失去最亲密姐姐的痛苦,也要承受父母对案子破获永无止境的期盼。

二姐走了,这个家再也没办法像一个正常的家了,因为在家里所有的事情都会被放大。一旦有什么矛盾,就都会被牵扯到我姐身上,后悔、内疚、愤怒、无助和悲伤,很多情绪就会在瞬间成为爆发的导火线。

我父母依然执着地写着上访信。作为一个女儿,那时候的我什么也做不了,只能关起门来独自心痛。

一线警队串起的记忆

2008年,根据公安部的统一安排,我到山东省淄博市高新开发区分局刑侦大队开始基层锻炼。

我不是公安院校毕业的,一直在做禁毒的国际合作方面的工作,但到了这里,没有涉毒案件,也不用翻译,干的都是刑侦的活儿。

当时,高新开发区成立时间不长,平时命案很少,而我去的那年,发生了三起命案。其中有一起案子,我报到那天,同事们刚刚将凶手缉拿归案。这是个情杀案,凶手杀了他的情敌,还把生殖器给切下来,砌到墙里去了。这也是我第一次直面一个杀人凶手,明显地感觉到犯罪嫌疑人看我的眼神充满着轻蔑,好像我不是警察。

当时，我们刑侦大队另外一个小姑娘，平时看上去比我还瘦弱，但她出现在嫌疑人面前都自带一种气势。

这就是当年的我，身上少了一点儿办案警察该有的气场。

我参与的第二起案件，是在野外发现一个头骨，其他什么也没有。完成常规的勘查之后，案件一度"休克"。就我所知，现在还没有告破。

印象最深的一起，是我们大队有小伙子摆喜酒，全大队的人都跑去他婚礼现场给他庆祝。

突然之间接到电话，说发生凶案，在玉米地一辆出租车里面，一个女司机被杀了，尸体被塞在了后备厢。婚礼被迫中断，所有的人都赶去了现场。监控上获得的线索，能看到这辆出租车从火车站接上客人，返回途中就是凶手坐在驾驶座上，已经没有女司机的身影。但是凶手的脸被遮阳板挡着，看不清。

后来，所有的轨迹都查了，没办法，因为流窜作案本身破案率就很低。这个案子当年成了悬案，好多年没有破掉。

那次是我第一次出命案现场，也是第一次进法医解剖室。当晚工作结束后，大家一起去吃东西。大队同事都说我胆大镇定，以为我第一次看解剖，吃东西会恶心。

他们不知道的是，其实那个惨死的出租车女司机，又勾起了我痛苦的回忆。

在我眼里,她就像是我死去的姐姐。透过层层时间的光影,我仿佛再一次看到了躺在出租房地上的我姐姐,那样孤独,那样无助。试问,假若看到这样的现场,将心比心想到自己的亲人,怎么还会有恐惧呢?

一度,我曾以为很多的事情都淡漠了,然而,人心竟是一台复印机,有的时候还有未删除的副本,随时可以串起时光隧道。

在基层锻炼的那一年,我也渐渐知道,有的案件真的不是那么好破的,不是警察不努力、不重视,而是有太多不确定的因素了。

时刻萦绕内心的郁结

淄博那些火热的基层办案经历激荡着我,那才是真正的警察生涯。从一线回到禁毒局,我明显对真正的缉毒一线工作产生了向往,我主动去找领导,申请调动工作岗位。

我问局长,我想去侦查处办案,您看我行不行?局长回答:可以,为什么不行?

就这样,2009年年底,我从国际合作处调入缉毒行动处。

真正去到缉毒行动处,才知道难度超出我想象。很多时候,地方同行从第一眼看到我是一个新手,就不是很服气。这就促使着我更加努力地历练自己,每件事、每个细节我都力争做到极致。有好长一段时间,我都在恶补侦查业务知识。

在承担跨国大要案的协调指挥中,我需要处理不同利害关系,需要把握一些时机和重点方向,尤其是哪些需要借力,哪些是我们来主导,不同的人来办,效果也会很不一样。随着实战中为基层协调办理了不少案件,慢慢也取得了基层同行们的信任,逐步积累了一些经验。

这个经验并不特指缉毒侦查技战法,而是在长期的指挥、指导、协调案件侦查中,我对各省市区缉毒专业人员的个性与工作能力、哪个省在哪项侦查项目里有优势,都能烂熟于心。因此在专案侦查里,将各地的缉毒侦查人才、技法战法巧妙地糅合在一起,形成一种合力,一些大要毒品案件往往能够水到渠成地迎刃而解。

2011年公安部清网行动,要求全国各警种同步开展网上追逃专项行动。我们局领导把这个专项行动交给我来牵头负责。

没有谁会比我更了解一个受害者家属的心情了。接到这个任务后,其实我心里就一个执念,尽自己所能,协调一切资源,把尽可能多的网上逃犯绳之以法,为更多像我父母一样伤心欲绝的受害者亲属抚平伤痛。

记得那段时间督战时,曾经五天连轴跑了十几个地市,在不同的省市飞来飞去。尽管疲惫不堪,可我还是像一个旋转的陀螺,不想停顿。

清网行动结束,禁毒局的追逃工作受到公安部表彰,而我也因此荣立了我人生中的第一个二等功。那一刻,心里的郁结好似也得到了一点缓解,尽管杀害姐姐的凶手依然杳无音讯。

也是在这期间,由于我经常往返于广东各地,与当地基层警方有了交集。让我心中感慨的是,当地警方对此案的侦查一直没有停止过,我姐的案件已经进了公安部通缉库,嫌疑人被列为 B 级通缉犯。

跨国缉毒经历的血与火

2006 年年底,广州公安破获一起特大团伙制毒贩毒案,抓获 8 名犯罪嫌疑人,捣毁一个冰毒加工厂和一个藏毒窝点,缴获冰毒 400 多千克。案发后,团伙重要成员陈某潜逃出境,一直下落不明。

2011 年,公安部通过国际刑警组织对陈某发布红色通报。

2012 年,我们接到新西兰警方消息,他们怀疑一位申请PR（Permanent Residence的缩写，意为永久居留权）的姓曾的华人，疑似红色通报上的陈某。经核查，国内确有一个叫曾某某的人，是在湖南一个农村里，之前因为酒后溺水死亡。因而，冒用别人身份的此人很有可能就是毒枭陈某。

每一个线索都是撬动案件的杠杆。

在和新西兰警方的进一步沟通中得知，陈某和他老婆有大量不明来源的资产，新西兰已取消其签证并拒绝其入境，目前陈某浪迹于南太平洋诸国及香港等地。另一方面，由于当时无法直接将其从香港抓捕回内地，我们只好暂时不去惊动，等待他自己出行的时机。

等到了2013年6月，我们有了一个机会。

陈某将乘飞机前往瓦努阿图，因为航班的原因，必须要在斐济转机。斐济与我国警务合作关系不错，我们计划在他转机时进行抓捕。时间紧迫，短短几天时间内，我们迅速联系了斐济警方取得配合。同时又和去斐济抓人的领导同事充分协商，制定详细抓捕方案及应对可能出现意外的备选方案。

后来，这中间果然发生了一些波折，人差点儿带不回来。在异国他乡执行任务确实有很多的不确定，内中细节有很多是我不方便透露的。好在我们备选方案准备充分，并且始终在线上和各方保持联动沟通，最终成功将这个毒枭缉拿归案。

类似这样的跨国追捕,以及经我手直接去国外办理的案件大约有 10 余个,包括从印尼、泰国、越南抓回来的,还有从俄罗斯带回的一涉黑重犯。

这些年,我们中国警方和各国在毒品打击问题上的配合还是很紧密的。

2015 年 11 月至 2019 年,在"火焰"中澳联合缉毒行动中,双方都把互涉毒品案件上升到一个优先高度,并在几个口岸开展重点查缉。从启动联合行动的方案文本,到行动规划,再到案件的协调汇总,我都全程参与,工作量很大。这个行动双方共侦办了 160 余起案件,抓获犯罪嫌疑人超过 300 人。

2018 年以来,针对港台毒枭,我们又与香港、澳门地区的缉毒执法部门合作开展"猎剑—黑武士"专项行动。

2021 年 4 月底,在国家禁毒委、公安部部署开展的"净边 2021"专项行动中,在云南西双版纳边境口岸,境外执法部门一次性向我国移交了 12 名中国籍涉毒逃犯。这些逃犯涉及国内 11 个省份,他们长期潜藏境外指挥贩毒,危害巨大。

只有真正走过中缅边境的人,才会明白边境一线的概念。漫长的边界沿线山水相接、路路相通,纵横交错、难分你我。其复杂和险恶程度是你在内地绝对想象不到的。要把毒品堵在这样的境外,只有靠多边合作、同舟共济。

这些年,我到过各种对抗最激烈的缉毒现场,也跑遍世界各地的缉毒前沿,那些血与火的场面从来不曾令我退缩。只有我姐姐的这个秘密,一直藏在我的心中,让我不敢直视又难以放下。

惊心动魄的缉毒瞬间

鸦片战争这一段屈辱悲壮的历史,对我们禁毒一线人员而言,依然是刻骨铭心的锤打。

尽管,这场艰苦卓绝的禁毒战争我们国家已经打了三个世纪;尽管,我国已成为全世界公认控制毒品最好的国家之一,但作为缉毒行动处的一员,依然要时时刻刻研究挖掘,根据最新案件的轨迹,不断更新脑海中的缉毒地图。

20世纪80年代以来,我国边境因毗邻"金三角""金新月"等毒源地的特定地理位置,境外毒品开始源源不断流入,中国开始由毒品过境国转变为毒品过境与毒品消费并存的毒品受害国。90年代初,毒品案件已涉及全国29个省市自治区的1600多个县市,毒品过境引发的毒品违法犯罪活动呈蔓延态势。2000年后,随着国际禁毒形势的变化，"金三角"初步实现罂粟"禁种"，加入了冰毒市场的争夺，从而引发了新一轮世界毒品犯罪格局的大调整——冰毒就像洪水猛兽一样，带来的是比海洛因更剧烈的灾难。

冰毒最早出现在日本，二战时期，这种药丸最早用于驾驶自杀式飞机的飞行员身上，战后开始流向普通人。因其制作过程并不复杂，又被称为"厨房药"。之所以更多的毒枭对此虎视眈眈，归根到底，还是对巨额利润的欲望。

比如，每公斤冰毒可以加工成3万片药片，按批发价每片5块钱，每公斤冰毒的售价会翻5倍，而最终与吸毒者交易时，更达到了难以估量的超高价格。

在我国，走私、贩卖、运输和制造毒品都是重罪，会被处以十五年以上有期徒刑、无期徒刑或者死刑，并处没收财产。即便如此，还是有人为了利润铤而走险。

最近几年，海上毒品走私十分猖獗，不仅运输量大，一旦被缉查，毒贩们大多会以命相搏。

2018年1月，在国家海警局北京总部指挥室，就曾目睹过一艘窝藏1吨冰毒的船只，在面临追捕时，自己点燃船上的煤气罐，想要同归于尽。熊熊大火在海上燃烧了六七个钟头。执法人员始终因温度过高无法登船，直到火苗熄灭了好几个小时，才渐渐接近。

以往在海上运输毒品的案件侦办中,一旦毒贩发现我们的执法艇,第一反应就是往海中抛毒品。这艘船更狠、更极端,他们直接放火烧,整条船被烧得面目全非,随时都有可能沉没。尽管船上物品都被烧成灰烬,经国家毒品实验室的博士上船检验,仍然从船舱的残留液体里发现了甲基苯丙胺成分。而毒贩们在船上藏毒的方式也是五花八门,很多是前所未见。

从南美来的海运船,把毒品放在了舵机舱内的铁架上,等取货时,雇用潜水员潜到船头湮没在水下的部分去取。一次,由于船中货物全部卸完,船轻了,浮出水面的船身就高了,毒品就像悬在半空中,怎么也没法拿到,毒贩专门从秘鲁请过来的"水鬼"只能望船兴叹。最终,毒品被我警方缴获。

我曾参与"2·24"特大海上走私冰毒案,侦破时,缴获1.2吨冰毒。

1.2吨的冰毒是什么概念呢?一包一包平铺开,可以占满1/4个篮球场。而在估价上,1克冰毒是2000元,1.2吨冰毒应该是24亿左右。即使打个对折,在毒品交易市场上,这1.2吨也要接近12亿人民币。

在制毒贩毒这条毒链上,我看到的很多为各种原因不惜贩卖毒品的毒犯,他们的人生也让人唏嘘和感叹。因为极高利润的刺激,甚至有人身怀六甲,还甘愿成为

"骡子"(指人体携毒者)。

记得几年前,查获一个菲律宾女毒贩,名叫拉拉。第一次查获时她贩运了2000克毒品。由于她当时怀孕三个月,因而对她采取了监视居住的措施。但她趁看守人员不备逃离居住点。三年后,当她再次被警方抓获时,女儿已经2岁了。经与菲方有关部门联系,最终商定把女孩送回菲律宾。在数次和菲律宾方面电话联系中,我再三关照菲方不要邀请媒体进行拍摄,即使可以对孩子面部形象有所处理,孩子的身份也会被公布。

在所有这些犯罪中,孩子是无辜的。

最近几年,毒贩们费尽心思,给毒品做掩护的道具越来越多,发动机、地毯、玉石、杧果干、面膜、饮料等物品内,都可能夹藏或者伪装了新型毒品。

一次,云南西双版纳打洛边境派出所民警在巡逻中发现,路边草丛中一个纸箱藏有面膜260片。经鉴定,面膜中液体物质为毒品冰毒,重9.008公斤。

缉毒警察背后

让我从幕后逐渐走到了公众前的,应该就是2018年菲律宾"9·3"案。那次行动,我带领行动小组在菲方配合下,在菲律宾八打雁省和大马尼拉地区,先后捣毁制毒工厂和藏毒窝点4处,缴获液态冰毒4.6吨、晶体冰毒481克、制毒原料及配剂13吨。

从转战菲律宾的47个日日夜夜再次回到北京,有很长一段时间,我的面颊上,似乎依然还留存着那股咸腥的热带海风。

2013年,我们加大了对广东一带制毒工厂的打击力度,电视剧《破冰行动》非常真实地反映了这场行动。那是我们当时指导广东开展三年雷霆扫毒的一个缩影,投入了很大的力量。这让国内毒品犯罪形势有了一个质的变化,即使还在生产的地下制毒厂,也成了惊弓之鸟。

此后,毒品交易市场的幕后"金主"纷纷转移东南亚地区。他们请国内有经验的制毒技师过去,在国外大肆制造人工毒品,一度平静的海外毒品市场又死灰复燃。

东南亚那些国家吸毒人群普遍,小到做苦力的、开长途汽车的司机,甚至幼儿园都有人去贩毒,把毒品弄成糖果,在小学幼儿园门口引诱孩子。

2016年,菲律宾总统杜特尔特上台,他在选举时发表的施政宣言,其中一条就是要开展禁毒的人民战争。他说对于毒贩不用留情,不用抓回来审讯,任何人都可以当场枪毙毒贩。总统的铁腕为联合扫除国际制毒案件提供了合作空间。

菲律宾"9.3"案件,我是从2017年10月开始跟的。

福建警方发现有一个制毒贩毒团伙,准备组织化学品到菲律宾去设厂制毒,菲方希望两国警方联合办案。

2018年春节,农历正月初八,人们还沉浸在春节的欢庆气氛中,我接到指令带队紧急赶赴菲律宾,有重大制毒线索需开展联合行动。于是,我带着6个从福建各地抽集的小组成员,连夜赶往马尼拉。

菲律宾国家肃毒局是我们最主要的合作伙伴,其一把手局长就是直接由总统任命的。这个案子最艰难的,就是要在潜伏排摸等候中确认制毒地点。

外线一共跟了一个月,一部分人是负责在车里面盯,有一部分人骑摩托跟,有一部分人化装成街头的那种小摊贩。有时候一蹲就是好几天,精神时刻高度紧张。尤其是在炎热的菲律宾,不敢开空调、开窗,不能让外面看到车里有人,一守便是一两个小时,那种感觉令人窒息。

办案经费有限。作为组长,找到一家华人店,点上一笼知味观小笼包一样的包子,就是办案日子里最奢侈的满足了。经过夜以继日地跟踪排摸,我们终于确定了制毒仓库位置,我们和菲方确定了行动时间。收网还是顺利的,中途有一个制毒技师翻墙逃跑,但因为人在异乡,穷困之际,在乡间公路上又再被抓获。

与湄公河案件不同,"9·3"案件当中,没有人员伤亡,更多的是一个国际案件在日积月累中的较量。在侦办跨国毒品大案要案时,各个国家地区的法律法规、司法制度、执法水平不同,这给跨国办案带来了极大的挑战。

在菲律宾长长的47天时间里,我们小组几乎每个人都是带着病靠意志在坚持。

同志小蒋每天胃疼,没有特效止痛药片。我的眼睛得了霰粒肿,几乎睁不开眼,好不容易在菲方帮助下去医院,大夫看了半天,居然说要做手术。也有同志家里小孩儿正在准备升学考。

有一次我一个人在餐厅吃饭,一旁的座位上,一个母亲在给她的小孩儿耐心地喂饭。这一幕最平凡的场景,竟让我近乎是逃一般地离开了。这也是我在菲期间,少有的几次不冷静。身处异国他乡,作为团队主心骨,为了应对办案中的不确定性,我一直要求自己必须时刻保持最清醒的头脑。

我想念我的儿子。那年,他只有两岁多。我出发时,他哭着伸出求抱抱的小手,可是任务在身只能说走就走。在菲律宾的那些日子里,我忍着不跟孩子视频,我就怕自己在儿子面前落泪。我丈夫十分理解、支持我的工作。他也是一名公务员,也工作繁忙,但在我外出办案的日子里,他就想方设法多留出在家的时间。知道我最想念的是儿子,他总会悄悄拍一些孩子视频发给我。

因这起案件的成功破获,我立了一等功,并在次年被评为"全国三八红旗手"。我一直坚持,这个荣誉不是我个人的荣誉。我们系统人才济济,有比我专业能力更强的,有比我更用功的。他们走过的路、办过的案子比我多多了。我想,一个荣誉的产生,它一定是代表了背后的一个集体,这是许许多多缉毒警察的共同荣誉。

随着时间的不断推移,以及在缉毒战线上的不断成熟,我觉得自己渐渐从 20 岁的困境里走出来了。每当工作困难或心情低落的时候,内心好像总有个声音,反反复复提醒着我:要替姐姐好好地活,好好地争口气。

2019 年国庆大阅兵,我作为全国公安英模观礼团中公安部机关的唯一代表,在天安门城楼现场见证了这一伟大时刻。我的眼前仿佛又出现了我二姐的笑容。姐姐,我真的好想你,你也看到了,只是我不知道我现在的样子,是否就是你期待的厉害的样子。

刀尖上行走的朋友圈

看过我的朋友圈你就会知道,为什么说公安队伍是和平年代牺牲最多、奉献最大的队伍。我的朋友圈里最多的是全国缉毒警察同行。缉毒一线战士面对亡命之徒的搏斗,天天都像是在赌命。如果不身处其中,你永远无法了解,为什么缉毒一线战士总是被形容为"在刀尖上行走的人"。

当年万人空巷的《中华之剑》播放时,我还在杭外读书。缉毒警王世洲、张从顺与武装毒贩遭遇,毒贩拉响了手榴弹,那个惨烈牺牲的画面,震撼人心,催人泪下。

这部片子中有两个镜头让我印象至深、永生难忘。追悼会上,王世洲的老母亲来看躺在棺木里的儿子,此后的一幕,全国人民都看到了,母亲打了儿子一巴掌。那肝肠寸断的一巴掌打完之后,在场的人先是震惊,继而又是一片撕心裂肺的哭声。

这部纪录片中,烈士张从顺的儿子张子权还不到10岁,他一进来就扑倒在父亲棺木前,额头在地上磕得嘭嘭作响,小小的脸颊紧紧贴着地面,泪水浸湿了脚下的红土地。没想到,很多年后,我会与这位烈士的儿子成为同行。

2020年12月15日,看朋友圈有人在说张子权突然倒在了办案路中。我连忙打电话到当地询问,没想到消息竟然是真的,泪水瞬间模糊了我的视线。听当地同事说,子权5岁的女儿还以为父亲仍在出差,一直发微信语音:"爸爸,你这次出差怎么这么长啊……"

而在27年前的屏幕上,10岁的张子权也是这样哭着找爸爸。为了阻击毒品的侵入,两代忠烈血洒边疆。

2007年3月25日,云南省盈江县一个叫作月亮石的地方,发生了一起惨烈的毒贩袭警事件。这次袭击共造成3名缉毒警察牺牲。由于山高路远急救跟不上,一位因失血过多牺牲的警员临终遗言是:"这路怎么这么长……"

> 惊险18小时,我们不敢放松,不愿错失任何一丝希望,结果算好,一切顺利。跨入32岁的第一份礼物:无惧、无畏、无悔!虽然没有蛋糕,但有战友,一个不抛弃、不放弃的团队。感谢人生给我的帮助,教会我做人。

这是云南省景洪市局禁毒队副大队长李敬忠32岁生日时,在微信朋友圈写下的一段话。然而谁都没有想到,这成了他的遗言。

李敬忠牺牲在与毒贩的遭遇战中,他走得异常壮烈。当天中午,设伏的李敬忠及战友抓捕交易中的持枪毒贩,李敬忠在颈部总动脉被一名毒贩开枪击中、颈椎被击碎的情况下,仍向前猛冲三米,扑向汽车后门。丧心病狂的毒贩又打出第二枪,击穿李敬忠的右手。

英雄倒地,但依然用身体为身后的战友挡住了毒贩的视线和子弹。随后,开枪毒贩被当场擒获,李敬忠因抢救无效壮烈牺牲。

同事们帮他写最后一份工作报告——6年里,李敬忠参与侦破各类毒品案件382起,抓获犯罪嫌疑人354名,收缴各类毒品3.82吨。他是一名好警察。

27年前,王世洲母亲恨别的一巴掌,恸号崩溃犹在眼前;而27年后,我的身边依然时时还能听闻母亲的哀恸。

去云南当地办案中,曾听说一位年轻烈士的母亲,早年丧夫,含辛茹苦将儿子养大。她目不识丁少言寡语,得知儿子牺牲,也没人见她落过一滴泪。

儿子牺牲后,每逢赶集,她都要背着沉甸甸的背篓,装满自己种的菜,走上几十里山路去看望儿子的战友们。而每一次,她都要求独自到儿子曾经住过的房间里坐一坐,只有在那里,她才任思念的泪水像河流般奔腾。

在这场旷日持久的禁毒战争中,已经有太多的心碎的母亲。

从警近二十年,我见过太多的社会悲剧、家庭悲剧都是起源毒品。正因为我亲身经历着这一切,我比谁都明白禁毒战争对我们手足同胞的意义。为什么我的战友会这般前赴后继地奔赴禁毒第一线?因为我们的身后是山海家国,要守住这道绿色防线,缉毒民警退无可退。能和这样勇敢的战友同行一场,我感到由衷的自豪与骄傲。

无法解开的心底隐忧

我喜欢北京。她永远晴朗,没有杭州那般喋喋不休的梅雨季节。她永远丰富,能吃到全国各地的美食。

只是,这几年开始,北京已经没有年轻时那样吸引我了。

每每想到我在杭州垂垂老去的父母,常常心如刀绞。我回家的时候很少,我们都已习惯了,远方有父母亲;父母也习惯了远方有个女儿。

对父母真正的体谅,也是我在自己做了母亲之后。

2014年,我怀孕了,这是我生命中最不同寻常的喜悦。怀孕的过程经历了太多艰辛,再加上又是高龄产妇,我工作以来第一次请了长假。

那个阶段似乎是我长大以后唯一不用奋斗的阶段,也是我感到人生最幸福的时候。陪着肚子里这个小生命渐渐长大,我突然觉得生活又有了光彩,生命有了希望。现在想起那些初为人母时具体细碎的痛苦,依然历历在目。但正因如此,对为人父母的心情才有了更深刻的理解。理解他们的爱需要时间,需要长大,也需要力量。

我的父亲从年轻时候起,就一直是个性格刚烈的人。有一年春节前,父亲想要给上海的老母亲带去一些年货。本来说好搭厂里的汽车一起去,结果临时变故,汽车先走了。倔强的父亲硬是一路骑着自行车,十五个小时不吃不喝,连夜赶到了上海。

当时厂里的领导都紧张坏了,担心出事情。让父亲在上海直接坐火车回来,厂里报销车票,结果硬气的父亲再一次从上海骑自行车回到杭州。

二姐出事后,凶手迟迟不见归案。父亲一直窝着一口气。他说他就准备带上刀,直接去凶手家;凶手抓不到,就干脆把他的儿子也杀掉,一命抵一命。因为他实在心疼二姐,总觉得她不该那么年轻就不告而别。

从父亲的性格看,我完全相信当年他是做得出来的。母亲拼命拖住了他。女儿已经出事了,希望父亲不要再有什么意外。

二姐是我们三姐妹中对父母最好的,每次回家来,都是对父母最亲热的。二姐走了之后,母亲总是说,如果你阿姐在会怎样的……

一次,母亲去广州看二姐,回杭时,二姐特地借钱给母亲买了飞机票。她说一定要让母亲坐一次飞机。让母亲减少点辛苦,因为这辈子母亲还没有坐过飞机。

父亲身体一直不好,有高血压、糖尿病、痛风。母亲说,有次父亲心脏病发作,她扶不起一米八二的父亲,只好找邻居帮忙。等救护车来了,因老房子没有电梯,要从五楼抬下,差点错过最有效的抢救时间。

这些性命攸关的紧要时刻,他们从来不会打电话跟我讲,事后说起时,他们又总是宽慰我,他们自己可以解决,这让我非常难过。

万一扛不住怎么办,万一有闪失怎么办?

其实,我在杭州也有很多警察朋友,我也曾经拜托他们,让父母有困难就打电话给他们,但是他们从来就没有打过这个电话,硬是自己默默地扛这些生活中的困难。

我知道,这些年来他们心里一定会怪我毫无作为。他们就是不能理解怎么会抓不到凶手,杭州的报纸上总是登几十年的逃犯落网的消息,为什么杀害二姐的凶手就是抓不住?

今年清明,我给父母打电话,他们说刚刚从二姐的坟上回来,父亲的声音比往年更为疲倦。二姐的坟在山坡上,汽车到不了的地方得爬好久。

这种时刻,只能草草挂掉电话。

我的父母,在我心里是最可怜的父母。但在我办的案子里,还有更可怜的父母,在等他们的孩子好好回家。

因为少女时代二姐的意外遇害,让她的青春充满残酷记忆,也让她的人生走上了另一条道路。

她是荣誉等身的英雄模范,也是人群中一个普通的女儿、妹妹和母亲。

叙利亚诗人阿多尼斯曾写道:世界让我遍体鳞伤,但伤口长出的却是翅膀。对于沈悦来说,浴血重生之后,也像是长出了一对自由飞翔的翅膀。

沈悦现在从事的工作关乎着一个个生命的完整,而每一个生命背后都事关一个家庭的完整。

在这场禁毒战争面前,个人的伤痛好似不值一提,或许命运早就为她铺好了另一条路。每个人都有不得不面对的过去,有的需要告别,有的需要和解,有的需要接受。

冥冥之中,很多时刻,沈悦也隐隐觉得是姐姐指引着自己走上了这条路。直到现在她发现自己真正爱上了这个职业,爱得那么深沉,爱得那么投入。

在缉毒这条战线上,在全民禁毒的战场上,她已经是一位经验丰富的指挥者、守卫者和宣讲者。而当沈悦毫无保留的讲述进入我的笔端,她早已成为我生活的一份牵挂。她的父母,她的生活好似也渐渐融进了我的脑海。

无论她从事的工作有多艰难残酷,总可以从她的内心、她的选择之中,感受到女性的温柔和无限的悲悯,以及独立而强大的信念。同为杭州女儿,很想为这对已被命运击垮了二十二年但始终不曾放弃希望的父母,做点力所能及的事情。

2021年五一假期,沈悦和丈夫带着儿子回杭州,我和我丈夫也一起去拜访了她的父母亲。

沈悦父母刚刚搬了新家,不知怎么的,我的心里好似稍稍松了口气。也许,两位老人自此可以不用天天面对那么多沉重的回忆了。

等再一进家门,朴素的旧木餐桌上早已摆好了杭州人最熟悉的家常菜肴:芹菜香干、虾球豆腐……这样熟悉的、平凡的家常味道,让人想到了小时候的饭桌。我们像久别重逢的故友,聊着家常与往事。只是大家都很有默契地对二姐只字不提,生怕逆流成河的悲伤,再一次将这户人家卷入黑暗的谷底。

分别时,我们频频回首,两位暮年老人那黯然神伤的眼神,不仅是女儿沈悦心中永远放不下的歉疚,也成了我心中的沉甸甸的感伤。

现在这条编号是"公缉[2010]18号"的通缉令,依然静静地躺在公安部追逃库里。我们和这座城市北面那个永远躺在冰凉墓地里的姑娘,都还在等待一个遥远不可知的信息。

尽管,我们每个人最终都是徘徊在他人的世界之外,每个人都有被命运捉弄不为人知的伤痛,然而不论是开出花,抑或是沉为泥,只要始终有不断生长的爱相伴左右,人生就是一场有意义的、为了告别的聚会。

向所有奋战在禁毒一线的警察致敬!

漫长的告别

狗的生命年,我们视他为孩子,但他会先和我们说再见。

警犬的生命更短,因为工作中各种疾病意外让他们走不到寿终正寝。

每一次生离死别都是度日如年,而以此为职业的警犬驯导员的一生,得经过多少这样煎熬的漫长告别!

他们大多已经不在了

我叫马六,我是一条警犬。

每每说到我的名字大家都会笑。我是马里努阿犬种,排行老六,所以才叫马六,跟汽车马六不是一回事。

大家喜欢我的故事,是因为我是一条警犬。警犬虽然也是狗,但我们不是普通的狗。

我们都上过培训学校,我们有纪律有教养,讲规则懂道理。我们不会乱喊乱叫,一切只听主人命令行事。我们也不会乱捡路边食物吃,哪怕是最最诱人的骨头。我们早出晚归训练,遇到案子没日没夜工作。我们用劳动养活自己,我们凭功绩赢得尊重。

当然,这世上每一条狗的使命都不同,有的负责牧羊,有的服务盲人,有的成天拉车,有的只需要陪伴人类。而我们警犬的使命,就是与万千警察一起,穷尽一生守护平安,阻挡黑暗。我们的日常是没完没了地进行训练,爬木架、钻铁丝网、嗅血迹、嗅毒品、嗅炸药……

很多朋友说我的故事感动,说我的经历曲折。其实在我们基地,动人的警犬故事太多。今天,我只想跟大家说说他们的故事。他们是我的前辈,但大多已经不在了。

一条胆小如鼠的德牧

我们眼中的世界看起来可能没有人类眼中那么绚烂,可我们的内心世界还是丰富多彩的。

我总觉得,整个警犬基地连人带狗算在内,我是最了解我的主人小王的。因为我曾经是只破烂狗,而破烂狗最擅长的就是倾听。

说到小王,人们总会提起那对德国牧羊犬姐弟,他们和小王之间的故事,基地里的狗狗都知道,可是关于小王的心路历程,肯定是只有我才知道了。

2001年,小王和同事去公安部南京警犬研究所带回了两条德牧幼犬,他们是同胞姐弟,只有三个多月大,姐姐叫雨晃,弟弟叫雨季,那是我们警犬基地建成后迎来的最早的两条犬。

那个时候,小王每周都会带姐弟俩去爬北高峰。那是杭州的名山,爬到山顶,俯瞰钱塘江和西湖环绕两侧,登高望远神清气爽,每次这姐弟俩被牵出去,沿途会惹得多少路人惊呼艳羡,都想抱抱摸摸!

那也是雨晃、雨季姐弟俩最美好的时光,离开了妈妈,还有同胞相伴,还有爱他们的主人,在美丽如天堂的杭州游山玩水,这样优哉游哉的狗生堪称"人间值得"了。

小王主要带的是姐姐雨晃,雨季由另一位同事带领。

雨晃是一条特别的狗,特别胆小,那娇娇弱弱的样子让人怜爱。雨晃的胆小到了让人不可思议的程度。她怕大马路上的汽车,也怕小区里的自行车。只要一见到车,她就往小王的身后钻。她也怕小王对她大嗓门儿。训练中犯点错误只要小王一提高嗓音,她马上就吓得缩起脖子趴在地上,弄得小王对她说也不是,不说也不是。

听说,在那么多条警犬中,也只有雨晃享受过住到小王家里去的待遇。因为她胆小，小王就晚上陪着她一起睡。她怕汽车，小王就一次次地带她坐大卡车。她也怕自行车，所以小王给她喂饭时，干脆把碗放到自行车下面。

这样的待遇是连宠物犬都没有享受过的。每次带雨晃回家，小区的大伯大妈都认识这条狗了，都会跟小王开玩笑："又带你女儿出来遛啊。"

雨晃在小王的心目中俨然就是他的小公主。

南京那个寒冷的冬季

小王和雨晃最深厚的感情是在南京训练时结下的。

雨晃、雨季姐弟俩长到五个月的时候，正式进学校学本领了。那一年冬天，他俩一起跟着小王和同事去了南京，在那里度过了三个月的培训生涯。那段日子让他们终生难忘。

那个冬天的冷用"滴水成冰"形容一点不过分。小王他们驯犬员晚上盖两床军用被子都觉得冷，洗完脸毛巾刚挂上就冻住了。

每天早上五点半起来训练。因为场地紧张，而单个犬训练需要非常宽阔的场地，以便彼此不干扰，于是，犬和犬还需要抢占有利场地。起得晚的人和犬就要走到更远的地方去找场地。有时甚至会比别人多走出五公里。

小王心疼雨晃娇小,走不动,往往会再提早半小时起来。于是,那些个冬天的凌晨,一人一犬就在漆黑中哆嗦着出门了。寒风凛冽,小王和雨晃会先相互抱住暖和一会儿。那些时刻,安静得可以听见彼此的心跳。

就这样,一人一犬组成一个训练小组,按教练要求的一个个项目,进行新鲜迹线和陈旧迹线的交替练习。

大雪纷飞的早晨,训练也不会停止。泥泞的野外,小王总是把自己的雨衣披在雨晃身上,而自己不停拍打身上的雪花。

小王总是记得雨晃饿肚子时那可怜巴巴的样子。清早训练结束回来,驯犬员开始吃早餐,而警犬则继续在犬舍里空腹等待下一轮的训练。小王心疼雨晃,总是安慰她,再坚持一下,大家都这样,这是为你好,这样你才能在训练中保持机敏的辨别力,保持不被淘汰。

忍着肚皮咕噜咕噜的叫,雨晃就这样等啊等,一直要等到早上第二场训练结束,才能吃上第一顿饭,而且还只能吃到八分饱。

当然,伙食还是不错的,一个班有一大桶白切牛肉,每个警犬一个白煮蛋。

最最难受的日子就是星期天了。这一天驯犬员放假,所以全体警犬就要饿肚子了,于是那一天,就变成了雨晃最渴望见到小王的日子,简直度日如年。只要小王的脚步声从大门外响起,哪怕和再多别的脚步声夹杂在一起,雨晃也能听出小王走路的声音。这一天都快饿得要有幻觉了,但这也是对警犬的一种训练——饥饿有助于保持清醒,保持警犬对给予其食物的主人的依恋和服从。

在饥饿状态下,警犬的工作积极性和欲望都是最强的。大家心中就只有一个念头,赶快干完活,回去就有饭吃了。

就这样,小王带着雨晃一天一天地熬,一关一关地过,终于顺利完成了培训,三个月后重回杭州。

令人刮目相看的雨晃

学成回来后,姐弟俩算是基地的第一批警犬,开始正式上岗了。

第一次出警那天,正是大年初二,过年的鞭炮声又把雨晃吓得够呛。基地忽然接到指挥中心指令,有一起抢劫案需要警犬支援。

小王和雨晃都有点紧张,之前这些出现场的镜头都是电视上看看的,谁也没想到真有一天自己也要到那样的现场。

于是，这两个新手一步一步都按着老师教的来做。提取嗅源，循迹追踪脚印和血迹。追了有两三百米路，血迹忽然断了。而边上有一个草棚，发现一辆自行车，还有刀和老虎钳。小王判断此前凶手曾在此包扎伤口。再往前追踪一百米，找到了这个受伤包扎过的凶犯。初战告捷。

又过一段时间，萧山瓜沥又发生了一起命案，一名发廊女死在店里。小王带着雨晃来到凶杀现场，接下来发生的事情真是让人意想不到。

来到现场已是深夜，雨晃嗅到了血迹的气味，开始变得兴奋起来，她朝四周不停地嗅着鼻子，小王知道她是在辨明凶手逃跑的方向，于是就放开了牵引绳，让雨晃开始行动。

雨晃先是朝东搜去，小王一路紧紧跟着。几百米后到了野外，小王发现那是一片小麦地，绿油油的麦子正在静谧的夜色下自由地呼吸。

这时，雨晃忽然又掉头朝村庄方向回头搜去。小王心里感到有些纳闷，凶手逃出村庄，在野外绕一圈又回村庄，难道是在跟自己捉迷藏？

可雨晃并没有直接回村庄，她不断地往另外一个方向嗅去，而且还穿过一条高速公路的过路隧道，来到一个卡口。那里已经有民警在严密检查来往的行人和车辆了。

小王一度怀疑雨晃弄错了方向,可雨晃并没有停下来,反复抽动鼻息。在安静的夜里,那鼻息非常清晰。

忽然,雨晃在卡口边上的一块地面上停住了脚步,坐下就开始吠叫。小王跑过去一看,心里一惊,叫道:"这儿有一摊血,没有人看见吗?"

经过判断,这一定是凶手留下的。这时候,神奇的事情发生了,雨晃又开始一路狂奔,一直跑到一户人家门口。小王敲开了门,里面出来个女孩。女孩见到警察就知道事情败坏,说出了真相。

原来,女孩的男友杀人后,为了防止被警察追上,在野外绕了一大圈后回到村里,在她家处理完作案的衣服后又回他自己家——距女孩家几十米的地方。

凶手很快就被抓住。雨晃在小王的心目中也有了自己的位置。

雨晃在凶案中一路追到凶手家门口,一下子让大家对警犬刮目相看,也让警犬大队名声大振。然而这还只是牛刀小试,雨晃让人称奇的地方还在后头呢。

缉毒线上屡建奇功

雨晃遇到新异气味会"重嗅",她的嗅觉功能在警犬中是超强的。训练警犬的目的就是要让一条犬能从很多种气味中寻找到大脑中记忆的某种独特气味。如果能从外界环境的几千种气味里找到自己想要的,那就是最高境界了,而雨晃便是这样的警犬。

当时,警犬都属于多功能犬,涉及任何警情都要出现场。

2003年前后,江浙一带的毒品犯罪越来越猖獗,而萧山是毒品进入杭州的一个必经之路,因而接获各种线报需要警犬协助查毒搜毒的,都由雨晃等几条警犬出发去现场。

而雨晃每次出发都有收获。有很多起毒品案件现场,警察搜了之后找不到,警犬去了,一下子就搜到了。这些毒品有的被放在冰箱底下,有的被放在厨房和一堆生姜大蒜一起,还有的被放在空心砖里,或者两边密封的竹筒里。然而再隐秘的地方,都躲不过我们的狗鼻子。以至于后来局长都下命令了,凡是涉毒案件,警犬必须到场。

机场检查行李也需要用到警犬。这时,雨晃胆小的本性又显露出来,她一看到行李传输带就怕,于是,又像小时候怕什么练什么那样,小王在基地买来了跑步机,天天让雨晃在跑步机上练体能。后来,雨晃再上行李传输带就不怕了。

对雨晃来说,只有到了六一节给小朋友们表演时,她最胆大,因为那是一件开心的事。其实狗和孩子有什么区别呢?虽然调皮活泼,但是他们内心同样地纯净。

毒品各有各的气味特征。传统海洛因和鸦片的味道有点酸臭。新型毒品香味明显。运毒人员也都知道,所以往往会对毒品层层包裹。但是不管包装多严,经过车子长途颠簸,气味都会散发,也一定会被嗅觉灵敏的警犬发现。

那几年,杭州火车站经常有被查获的毒品,警犬立下了汗马功劳。从高速上下来的车,警察也会根据有关情报派警犬上车,一一嗅闻检查。

有一次,雨晃在一辆长途客车上搜查,忽然对着一个人坐的位置就不动了。可搜遍这个人的全身还是没有丝毫线索,行李当中也没有异常,可雨晃就是不肯动身。小王灵机一动,会不会就是传说中的人体带毒,毒品在身体内?于是,他联系禁毒大队民警,将那人带到医院进行X光扫描,果然在他胃里发现了层层包装的海洛因。

经历多了,小王得出经验,身体藏毒的人肚子里会有很多气,容易放屁,会带出毒品的味道,所以椅垫中间会留下一丝味道。另外这些体内藏毒的人,经常会有反胃、咳嗽和鼻涕出现,会用到比较多的餐巾纸,而这些餐巾纸又会带有毒品的气息。因此,注意发现那些堆积比较多餐巾纸的地方也是线索。

雨晃和小王的合作越来越默契。有一次,在车站执勤,如潮的旅客中,各种人体味、食物味、粉尘味汹涌而来,在这其中,有一丝微弱的甜味飘来,恰恰被雨晃捕捉到了,而雨晃身体的一点点波动又被小王捕捉到了。小王细细观察人群中的动静,果然发现有个男人行为可疑。他原本靠左边通道出站,但看到警犬在,就心虚地换了一条道。小王让雨晃上去一搜,果然,这人袜子里塞着一小包毒品。

就在小王和他的公主雨晃向着更大挑战迈进的时候,意外忽然降临,让人猝不及防。

2003年初夏的一个周末,小王和雨晃刚刚执行完一项任务,小王需要回家换洗一下。临分别时,看着雨晃不舍的眼神,小王拍拍她的脑袋,说:"小姑娘,我马上就回的。"

周一早上,当小王兴冲冲地回到犬舍,发现雨晃没有像往常一样,在很远处就发出她的欢迎声,心中就升起不祥的预感。静悄悄的犬舍里,雨晃趴在门口一动不动,已经断气很久了。

雨晃是因为胃扭转离开的,在犬中,这种情况还是经常会发生的。通常是因为饭后运动剧烈导致胃扭转,如果一两小时内不及时救治就会死亡。

后来分析情况可能是这样,当时,犬舍隔壁就是派出所,而派出所一天24小时几乎没有平静的时候,人来人往,常常半夜三更也会遇到出警任务。而警犬最容易受到外界环境影响,有什么风吹草动就容易莫名激动上蹿下跳。饭后,雨晃受惊于警报声不安地跳动,悲剧就发生了。那时候,警犬基地就这么几个人,也没有现在先进的监控探头,对这种临时出现的情况几乎没有办法。

在很长的时间里,小王对雨晃这样孤独地离去难以释怀。想到雨晃那样胆小,意外发生的时候该有多么惶恐和无助,这个时候她呼喊求救的一定是小王,但自己却不在她身边。自己的小公主在痛苦中孤独地死去,这样的一个告别是小王无论如何都接受不了的,每每想到这些就让小王心如刀绞。

狗中"疯子"雨季

很长一段时间,小王都进入不了正常的训练状态,他眼前总是浮现雨晃那哀怨的目光。那天在训练场上,他忽然发现雨晃又回来了。定睛一看,那是和雨晃长得很像的弟弟雨季,于是萌发了继续带雨季的想法。

小王接手雨季的时候,雨季已经三岁了,作为第二个主人已经过了最佳训练磨合期。

雨季和他姐姐雨晃截然不同,性格急躁勇猛,调皮而且不服驯导,但却是基地里最聪明、最有潜质的一条狗。

雨季精力旺盛,最喜欢丢球游戏。小王身上的伤大多因他而起。小王经常委屈地说,只有他可以咬我,我不可能咬他。为了抢一个实心球,他可以从楼顶跳下去。有一次为了抢小王手中的一只球,他跳起来不小心咬到小王的下巴,居然将小王的下巴咬穿了。

然而,不管雨季怎样调皮捣蛋,在小王眼里,他就是雨晃的弟弟。虽然训导他要花费更多心血,但他就是另一个雨晃,好像她还活着,小王心甘情愿。

有一次,半夜接警要去搜山,凶手因邻里矛盾杀人后逃到山上。

那天晚上大雾弥漫,隐隐约约看不清路。小王和雨季走在最前面——只要有雨季在,就别想有人走在他前面。

走到半山腰,只听得雨季忽然连连发出惨叫。小王跟上一看,雨季踩到了猎户的陷阱,前腿被野猪夹死死地夹住,两侧生锈的铁刺穿过了皮肉一直扎到骨头。雨季越是挣扎夹得越紧。小王急得用手去掰,可是一人之力根本没法做到,那是用来夹几百斤野猪的夹子。

疼痛难忍的雨季一口咬住了小王的手臂。小王本能地抽身往后缩,然而转念他又往前一送,相当于是把自己的手臂往狗嘴里送。小王觉得只要能够减轻雨季的痛苦,就当自己的手臂是咬在狗嘴里的木头吧。

在众人齐心合力下,铁夹子终于被打开了。这时雨季前腿已被夹得血肉模糊,无法行走。同时,小王的手臂也被咬得鲜血直流。那天晚上,小王一个人把这条大狗背到了山下,因为其余人还要接着搜山。

回到基地检查,好在雨季没有伤到骨头,而小王的手也确实很久没有恢复自如。

这次经历后,雨季对小王的态度完全变了,除了姐姐雨晃外,小王成了他最信任的人。若不是真心对他,谁会冒着骨断筋裂的危险,拿自己的手塞到他嘴里帮他解痛?

虽然雨季是基地最难管的,但他同样也是基地工作最出色的一条警犬。他一年破获的案件数几乎是别的警犬一辈子破获的。因此他当之无愧地成了基地的当家狗。小王也经常感叹,就警犬的素质来说,不可能再有别的狗超越他了。

实战是检验警犬训练效果的唯一标准,不管这条狗在平时训练中是怎样的表现。雨季就是那种临场发挥绝佳的狗。

有一次接到线报,在高速上有一辆携带巨额毒品的货车正经过萧山。小王带着雨季,在下高速口检查站一一过检。

当有一辆厢式货车经过时,雨季明显就兴奋起来,喉咙里呼呼直喘粗气。小王马上感到有戏了。一开始遍寻不到,但雨季的兴奋状态有目共睹。于是,开始第二遍找,大家发现雨季的注意力还是在车子底部,而那里除了车轮胎其他全都一一搜过。小王当即决定放气。一听要给轮胎放气,司机马上慌了,如实招供毒品就藏在轮胎里。事后检查毒品的数量令人震惊。当时这属于公安部的要案,因为各种原因没有对外公开披露,但雨季的头等功还是记在了功劳簿上。

雨季工作起来精力是无止境的,这也来源于他无止境的工作欲望。

又有一次接获举报,有人在一家大酒店后面的居民小区里聚众吸毒,雨季在那次缉毒过程中差点儿就牺牲了。

小王带着雨季来到那幢居民楼 14 楼的时候,已经有民警在门口和里面的人交涉。雨季在门缝边一阵猛吸,应该是嗅到了里面有强烈的毒品气味,开始狂叫起来,并且不停地用前爪去抓门,门边的白墙都抓出了一道道爪印。

忽然,门里面传来了好几个人异样的叫声,民警大呼"不好",感觉里面的人似乎要跳窗而逃。因为毒品吸食后会产生幻觉,以前就听闻过吸毒人员情急之下跳楼的事情。

民警紧急决定撬门进去。等门被撬开的时候,房间里的人早已不见了踪影。雨季一路嗅过去,发现了一个打开的窗户,他嗅出了房间里的几个人是从那扇窗户上跳下的。跟在身后的小王知道雨季的脾气,他大叫一声:"雨季站住!"

可雨季似乎没有听见小王的喊声,纵身往窗户边跑去。小王像疯了一般朝前扑去,一把抓住了雨季的尾巴。雨季和小王同时摔倒在地面上。

民警在窗户上往楼下打手电,发现有人已经躺在了一楼,急忙转身跑向电梯准备下楼察看情况。

小王带着雨季也打算搭乘电梯下楼去,可雨季根本就按捺不住性子,直接朝楼梯跑去,一路冲下楼。小王实在没有办法,只能坐了电梯来到一楼,那时候,雨季早已在地面上找到了从楼上坠下的三人。

雨季是条让人又爱又恨的警犬。他急躁的性格,导致了他代表基地参加全省警犬比武时的功败垂成。

记得第一场比试内容是房间藏毒搜索,雨季不到十秒钟就完成了,100分。小王心想这下有戏。第二场是搜行李箱藏毒。雨季也是迅速找到了目标。可是他没有按照要求坐下,而是疯狂地撕咬那只箱子。动作犯规,0分。结果,眼睁睁看着冠军旁落他狗。雨季他实在是太好胜了。

鉴于雨季在历次破案中的出色表现,2007年,他成了基地的第一条功勋犬,受到了公安部的表彰。

雨季不再来

但是天有不测风云,让人不忍目睹的灾难再一次发生了。

有一年立夏刚过,基地里的警犬忽然大规模地得了尿毒症,并且每天都有警犬死去。解剖出来是急性肾结石。肾脏、膀胱还有尿道里,密密麻麻布满大大小小的石头。后来才知道是那一批狗粮里被掺了三聚氰胺。那年代,人类婴幼儿奶粉的安全性有时都难以得到保障,更别说狗粮了。

那一次,基地先后有十五条警犬陆续倒下,小王及基地的队员们忙成一片。

基地有自己的医务室,小王当过军医,有丰富的药理知识,平时一些小手术都是自己动手,常规疾病也是基地自己的人买药治疗。基地六十多条狗一年的医药费只有5万元,不省着用哪里够。

那段时间治疗尿毒症的排石冲剂一箱箱地买回来,驯犬员们都是自己每天给警犬导尿,日夜看护。就这样,有几条病情轻的警犬慢慢救回来了,但雨季和其他十几条警犬病情越来越危重。

在小王心目中,雨季的分量还是不一样的。他再也坐不住了,向上级领导打了报告,希望批准他把雨季带到南京去医治,那里有当时最好的兽医和小王的老师。因为雨季毕竟是基地的功勋犬,所以上级批准了小王的请求。

当天晚上,小王一人一车就带着雨季出发了。沿着当年来的路,这一次小王是要把雨季带回他和雨晃的出生地——南京。

夏夜的空气闷热难当,车窗外时时掠过对向车辆交会时的灯光。雨季的眼睛在黑暗中努力睁着,沉默地望着小王开车的背影。

虽然小王一再对雨季保证:"坚持住,雨季,只要我们到了南京就有救了。南京是你的故乡,那里有我的老师,一定有办法可以救你,坚持住。"但是雨季心里肯定清楚,那其实是小王在跟他自己说,他在给自己打气。

车子每开一小时,小王就会寻找安全的路边停靠。天热需要不停补水,尿路堵塞需要不停导尿,不然雨季会憋得难受。

南京终于到了,小王直奔之前已经联系好的老师所在的医院。可是老师看完雨季情况之后的脸色,让小王的心不停地往下沉。太迟了,病情也太严重了。可小王还是不肯放弃。在这之后的一个星期里,他跑进跑出为雨季导尿,挂消炎点滴,总盼着能够出现奇迹。

空隙时,小王还去外面买来各种午餐肉和火腿肠,这些训练时都是严格控制的零食,现在可以敞开来让雨季吃。只可惜雨季已经虚弱得连闻一下的力气都没了。

在雨季和自己对视的眼睛里,小王仿佛又看见了那一年在天寒地冻、滴水成冰的南京郊外,雨季雨晃姐弟跟着他在黎明时分训练的情景。那个时候,经常饿他们的肚子,是为了让他们保持机敏和兴奋。而现在可以敞开了吃了,人狗的缘分也快走到尽头了。

时间过得真快,这一晃差不多八年过去了,物是"狗"非,姐姐雨晃早已等在天堂,弟弟雨季也已处在弥留之际。

最终说告别的那一刻终于到了。雨季已经不能再熬下去了,最后也只能实施安乐死。

小王把雨季埋在南京郊外的一座山上。他去买了一把铲子,在一棵银杏下挖了一个深坑。挖完之后,他的手上也起了两个大血泡。

回程路上,小王的身后已经没有了雨季那率直的注视,他的心也变得空空荡荡。返往杭州的路途,当年带着小姐弟一路有多少欢笑,如今就有多少血泪。

想起雨季训练时候的胆大和不顾一切,球扔哪儿就奔向哪儿,哪怕那是一片灌木林,出来时脸被划出一道道小红口。也想起雨晃的胆小娇弱,汽车喇叭一响就往小王的怀里钻,以及那永远拱不厌的小脑袋。

梦里花落知多少

一条又一条警犬从相遇开始,到最后各不相同的告别,小王每一次每个细节每个眼神都记得清清楚楚。我们有小王这样情深义重的朋友,也算不枉此生了。

警犬的职业病是早衰,因为我们吸入的废气特别多,而且需要闻的地方往往不是干净的地方。驯犬员指哪儿我们闻哪儿,绝对地严格执行。有的时候在道路上循迹追踪,狗鼻子一刻都不能离开地面,稍不留神,就会错失已经扩散得几乎不留一点痕迹的血腥味。

而粉尘、有毒物质、排放废气都是严重影响我们身体健康的元素。

早衰是警犬的共同特征。在基地,两三岁的狗下巴上的胡子就变白了,七八岁就进入了老年退休期。

在带雨季雨晃姐弟俩的同时,小王还带过一条叫丽台的德牧,他也曾经在2003年杀人案中建过奇功。后来基地来了更多的驯犬员,丽台就交给别人带了。

直到丽台七八岁时干不动了,他的第一位驯导员便请求把他带回家养。后期丽台因为肠胃炎没法自主排便,肚子胀得老大老大,驯导员带着丽台又到基地来找小王。为了解决丽台的痛苦,也只能实施安乐死。

那是一个年初五的早晨,天下着蒙蒙细雨,满世界都是鞭炮声,那是大家都要迎财神的日子。可是财神降不降临与警犬又有什么相干呢?就在细雨中,在漫天的鞭炮声中,丽台安详地合上了眼睛,去往他的星球了。

人类的伟人说,有的人死了,重于泰山;有的人死了,轻于鸿毛。警犬也一样,同样短短十几年的生命,有的还不满十年,有机会做出对社会有意义的贡献,狗生也算是生得伟大死得光荣了。

雨晃的离去让小王痛哭流涕,雨季的病痛让小王沉默寡言。一次又一次的告别,渐渐地让小王心如磐石,基地的警犬们已经很久没有看到小王的眼泪了。但是我相信那不是冷酷,而是坚强,他把这些痛苦埋到了更深的心底。

自己带过的每一条警犬离去,小王都会到山上亲手把他掩埋。他会找一棵最美的树,挖一个足够深的坑。每年不同的季节,他会想起不同的警犬。银杏黄叶飘落的时候,他会想到远在南京的雨季。杨梅熟了的时候,他会想到柔柔弱弱的雨晃。

我不知道我会在哪个季节离去,我也不知道会有哪棵大树和我永远相伴。但我知道,在小王的心里,未来一定也有一棵树为我而植,在那一季的叹息声是为我而发。

文中的马里努阿犬马六,在很多案件中立下赫赫战功,2018年被公安部授予"功勋警犬"称号。

马六的驯导员王伟兴,是杭州市公安局萧山分局警犬大队的一名驯犬员。因为热爱,他从2000年开始就一直潜心研究驯犬技术,先后带领雨晃、欧乃宝、官萍、雨季、麦迪和马六等警犬,破获大案要案多件,成为警犬训练界的传奇人物。

在采访中,我一次又一次被这些忠诚勇敢的警犬故事所打动,以至于下笔的时候都想给予他们英雄般的人的尊崇,我不想用"它"指代他们。他们生而平凡,却为平安而战,为人类涉险,虽然他们从来就不是生来的勇者。

他们是我们警察的不能说话的战友,不会喊疼,不会喊苦,但他们会领会任务,会忠于职守,也会受伤,会感染慢性病,也需要高额的治疗费用。等到退役那一刻,也许只有驯犬员会记得他们的名字和满身的伤痕。从身形矫健到步履蹒跚,他们从帅气到沧桑的蜕变同样记录着每一刻平安的来之不易。

十多年前,我身边也有两条忠犬,他们是三毛和Madam,他们就像我的儿子和女儿,和我朝夕相处形影不离。写这篇稿子时,三毛已经离开了,Madam 也垂垂老矣,喜欢依偎在我的脚跟。

采访中,跟每一条警犬眼神的相遇,仿佛就像是凝望着我的三毛。对于驯犬员小王每一次与警犬告别时的心痛,我有着深深的理解和同样的切肤之痛。我觉得在人民警察为人民的功劳簿上,应该有这些警犬的一席之地。

我们不会忘记你,无言的战友。

后记：真水无香，真爱无疆

很多年前的钱塘江边，两个曾经的警察聊起有关初心的话题，要为曾经的战友做点事的想法开始萌动。

很多年后，一群有浓厚警察情结的人聚在一起，初心开始成为行动。

初心很简单，记住那些为这个城市的平安做出贡献，甚至是牺牲了生命的警察们，记住那些被时代遗忘的艰难往事。记住他们，感恩他们，帮助他们。

我们想要一一寻访这些曾经的人物和故事，就如同回到这些故事发生的现场，也许是无比残酷的现实，也许是无限深情的回忆。

当悲剧发生，生活曾一度戛然而止。故事中的这些主人公，或英年早逝，或重伤重残。因为职业，他们几乎每天都在面对黑暗，但他们的工作，就是要努力用法律的尊严把黑暗撕破，让温暖和光明照亮每个受伤的心灵。

这些警察主人公,不是书本或荧屏上的角色,他们有的是英雄,但更多的只是普通人中的一员,衣食住行皆凡人,喜怒哀乐是常态。

在人们的印象中,警察是坚强的、乐观的,他们有铁的纪律,他们似乎战无不胜,攻无不克。而对于一个家庭来说,他们是天,他们是地,他们是丈夫,是父亲或是儿子。突然有一天天塌了,地陷了,面对突然降临的灾难,活着的亲人怎么办?生活如何继续?

他们也有鲜花,可是鲜花总会枯萎;他们也有勋章,可是不去擦拭总会生锈;或许他们也曾有铺天盖地的报道,可时间会让他们的名字沉在搜索栏的深处。

于是我们要重新探寻这些故事,如同第二次涉入生活的激流险滩。

之所以寻访,之所以讲述,是因为我们有话要说,有事要做。

我们要在时间的河流里,逆流而上,重回昔日的现实,再回到今天的生活。那些离我们而去的,他们的家人过得好吗?那些还健在的,现在康复得好吗?

我们的名字叫"真水无香"。我们甚至不愿用"公益"二字,只是完全跟随自己内心做自己想做的事,怀念曾经的战友,让他们曾经发出过的光继续照亮城市的每个角落。更希望能让他们的家人在今天更加坚定和自豪地说:我的父亲是英雄;我的儿子是警察;我是一名警嫂!

故事总会戛然而止,但是生活仍在继续。而我们,只是在戛然而止的地方重新出发,坚持着一种情怀,一种相信,一种坚持!如同普普通通的一滴水,无论来自西湖、运河还是钱塘江,最终,我们都是蓝色大海的一分子。

我们不知道有没有彼岸,如果说没有,那些平凡而又伟大的一切又是因为什么?如果说有,那就在四季轮回潮涨潮落中让我们一起出发吧。

生活仍在继续,故事也在继续。

真水无香,真爱无疆!

讷河往事
NEHE WANGSHI